Les Éditions du Boréal
4447, rue Saint-Denis
Montréal (Québec) H2J 2L2
www.editionsboreal.qc.ca

NE REGRETTE PAS
CE QUI SE DÉROBE

Colette Brossoit

NE REGRETTE PAS CE QUI SE DÉROBE

carnets

textes choisis et présentés par Nadine Marchand

Boréal

Dépôt légal : 4e trimestre 2020
Bibliothèque et Archives nationales du Québec

Diffusion au Canada : Dimedia
Diffusion et distribution en Europe : Interforum

Catalogage avant publication de Bibliothèque et Archives nationales du Québec et de Bibliothèque et Archives Canada

Titre : Ne regrette pas ce qui se dérobe / Colette Brossoit ; textes choisis et présentés par Nadine Marchand.

Noms : Brossoit, Colette, 1951-2014, auteur. | Marchand, Nadine, éditeur intellectuel.

Identifiants : Canadiana (livre imprimé) 2020008822X | Canadiana (livre numérique) 20200088238 | ISBN 9782764626429 | ISBN 9782764636428 (PDF) | ISBN 9782764646427 (EPUB)

Vedettes-matière : RVM : Brossoit, Colette, 1951-2014—Journaux intimes. | RVM : Restaurateurs (Alimentation)—Québec (Province)—Journaux intimes.

Classification : LCC TX910.5.B76 2020 | CDD 647.95714092—dc23

Colette, mon amie

Nous nous sommes connues lorsque nous étions comédiennes toutes les deux, dans la vingtaine, passionnées par ce métier inspirant, mais pas toujours facile. Nous jouions alors, à l'été 1978, au Théâtre Beaumont-St-Michel qu'avait créé et construit en 1975 la famille Villeneuve, Lionel et sa femme, Hélène Loiselle, leurs enfants, dont Pierre, avec qui Colette partageait sa vie depuis quelques années déjà et qui a elle aussi participé à la création de ce théâtre. Pierre, l'amour de sa vie, son double, son âme sœur. Et cette famille Villeneuve qui l'a si bien accueillie et qu'elle a aimée profondément.

Colette était originaire de Beauharnois et, très tôt, elle a eu le vif désir de s'échapper de cette petite ville qu'elle n'a jamais aimée. Jeune, à dix-sept ans, elle a quitté sa famille pour aller étudier la littérature à l'Université d'Ottawa. Rapidement, elle a bifurqué vers le théâtre, avec passion comme dans tout ce qu'elle faisait, et a été admise au Conservatoire d'art dramatique de Montréal, où elle a rencontré Pierre lors d'une soirée de fin d'année, le 5 juin 1972. Elle allait devenir profondément montréalaise.

Je me rappelle notre première rencontre, dans la salle de répétition, pour ce spectacle de l'été 78. Je suis entrée, discrète et un peu timide, et elle est spontanément venue à moi pour m'accueillir, très gentiment. Ça m'avait touchée. Colette était une très belle femme, racée, élégante, qui pouvait dégager une certaine froideur avec ses yeux et ses cheveux noirs, mais, lorsque le contact se créait, on découvrait une personne ouverte, à l'écoute, très intelligente et avec un sens de l'humour raffiné, brillant, souvent décapant.

J'ai alors découvert Colette, à l'occasion de nos soirées au théâtre, bien sûr, mais beaucoup, comme elle a toujours aimé, autour de repas et de discussions, à la maison ou au restaurant. Quels précieux souvenirs que ces tablées chez Colette et Pierre, boulevard Gouin et rue Saint-Denis, où elle m'a souvent fait découvrir des plats toujours délicieux qu'elle préparait avec amour et attention ! Au retour d'une journée de plage, après une promenade dans Paris, après le théâtre ou le travail, pour Colette, les repas étaient des moments importants de partage, de plaisir et parfois de compensation pour des situations moins agréables.

Je me souviens d'une soirée au théâtre, toutes les deux spectatrices d'une pièce qui se déroulait beaucoup dans la noirceur et la fumée. Ce type d'atmosphère rendait Colette claustrophobe, elle avait l'impression d'étouffer et ne désirait que sortir. J'ai tenté de la rassurer et nous sommes restées jusqu'à la fin. Et là, son premier réflexe a été de vite aller au restaurant pour retrouver détente et plaisir.

Il y avait aussi les soupers pour les anniversaires avec des cadeaux choisis avec soin, mais surtout avec des cartes de vœux qui m'ont fait découvrir les talents d'écriture de Colette. J'ai conservé ces cartes, je les relis souvent et chaque fois je suis émue par ses messages intimes, touchants et inspirants. Elle osait écrire ce qu'elle ne savait dire. Une amitié naissait et grandissait au fil des ans, donnant aussi naissance à des projets de travail communs.

Puis, un jour, Colette a eu une idée ! Son désir de créer et de se réaliser n'étant pas comblé par son métier de comédienne, elle a imaginé un restaurant, un lieu de vie qui s'inspirerait du théâtre. Avec Pierre et des associés, elle a mis sur pied L'Express, en 1980, qui est devenu une institution de Montréal. Ils l'ont pensé dans les moindres détails, avec leur ami, l'architecte Luc Laporte, aujourd'hui décédé, Colette s'occupant en plus de concevoir, de sa si belle calligraphie, le menu qui allait se retrouver entre les mains des clients.

À cette époque, la rue Saint-Denis était déserte, il y avait les commerces Arthur Quentin et Bleu nuit, qui ont depuis fermé leurs portes malheureusement, un cinéma porno qui allait devenir le Théâtre d'Aujourd'hui, et le fleuriste Pierre Larue. La création de L'Express a grandement contribué à la naissance de cette rue Saint-Denis animée, fréquentée, effervescente pendant plusieurs années et qui aujourd'hui connaît des moments difficiles.

Colette, même si elle était une excellente cuisinière, n'avait aucune expérience en restauration. Cependant, les années où elle a participé à la gestion du Théâtre Beaumont-St-Michel lui en ont apporté une certaine connaissance, mais c'est surtout sa curiosité, son attitude de première de classe, sa détermination, sa volonté de réussir qui ont fait que Pierre et elle ont créé cette maison où autant les clients que le personnel y ont leurs habitudes. Colette était l'âme de L'Express.

Elle a sans cesse veillé sur « la maison », exigeante autant envers elle qu'envers tout le personnel afin que les clients fidèles ou nouveaux soient ravis de leur visite. Aucune complaisance, un souci constant de rigueur, d'efficacité, de créativité. Assise au coin du bar tous les midis, elle goûtait la cuisine avec son exigence légendaire. Quelques mots lui suffisaient pour décrire au chef un plat qu'elle considérait comme raté. Je me rappelle un petit déjeuner où on m'a servi mes toasts, très pâles, presque pas grillées. Et Colette de réagir, mécontente : « Tu les avais demandées à la vapeur ? » Je garde un délicieux souvenir de nos nombreux repas, toutes les deux à une table le long des miroirs. On a discuté, on a ri, on a pleuré, mais toujours on était heureuses de se retrouver.

Colette était une artiste, une intellectuelle curieuse de tout, de découvrir les classiques comme les créations au théâtre, au cinéma, en littérature, en architecture, en arts visuels. Elle savait en faire une analyse précise, intelligente et perspicace. Et souvent avec une pointe d'humour, son humour si particulier, j'adorais ! Elle avait une immense admiration pour les grands artistes, classiques, contemporains, émergents, ils l'inspiraient, la nourrissaient. Je revois sur le mur de sa maison, à l'entrée, un cadeau de Pierre, un petit tableau de Betty Goodwin, qui a occupé une place précieuse dans sa vie, qui l'a inspirée et accompagnée dans ses analyses et ses réflexions.

Notre passion commune pour la culture nous a amenées à travailler ensemble, avec des partenaires, sur des projets qui ont occupé plusieurs années et qui ont scellé notre amitié. Il y a notamment eu l'immense aventure de L'Étoile, que Colette a lancée avec Pierre, un riche et ambitieux projet culturel et immobilier, conçu pour occuper un espace clé du centre-ville sur le boulevard Saint-Laurent, et auquel nous désirions consacrer une grande partie de notre vie. Luc Laporte avait dessiné la salle de spectacle, une inspiration de La Fenice. Nous voulions en faire un lieu de vie et de communion entre les artistes d'ici et d'ailleurs et le public, un lieu d'habitation enrichi de commerces culturels. Plusieurs partenaires se sont joints à nous. Pierre a déployé une énergie folle en de multiples négociations, mais après plusieurs années de travail la conjoncture économique et politique a malheureusement fait avorter ce rêve, ce projet d'une vie.

Colette adorait Paris et l'Italie, je dirais presque à la folie. La cuisine, les apéros aux terrasses, la beauté, les théâtres, les musées, l'architecture, les promenades, et cela lui allait à ravir. Sa beauté et sa classe s'harmonisaient à ces décors. Elle plaçait l'art et l'amour au-dessus de tout.

Depuis leur rencontre, Pierre a toujours été là, présent, attentif, généreux, mais un jour il est allé sillonner le monde pour le travail, toujours en revenant régulièrement à Montréal, et Colette s'est rapprochée de Luc (Luc Laporte, l'architecte de L'Express), qui est devenu son deuxième amour.

Pierre, toujours là, et Luc, les deux hommes de sa vie. Ensemble, ils ont voyagé et partagé leur amour de l'art, de l'Italie, des restaurants.

À un certain moment, L'Express n'a plus suffi à combler son besoin de créativité. Elle a éprouvé un vif désir d'écrire, de plonger dans un exercice qui la mènerait elle ne savait où, mais qui exigerait d'elle un travail intellectuel et artistique. Alors, l'aventure a commencé. Je me rappelle l'avoir encouragée dans cette voie, elle qui sous-estimait ses dons et ses capacités tout en ayant une forte détermination et un courage à toute épreuve. Elle s'est consacrée à ce travail très sérieusement, comme dans tout ce qu'elle entreprenait.

Elle écrivait le matin, à la maison, dans la bibliothèque qui regorgeait de livres et sur un magnifique bureau déniché chez un antiquaire, en France, un cadeau de Pierre et de Luc, avant d'aller à son bureau de L'Express. Sa volonté était d'écrire tous les jours, avec discipline, ce qu'elle réussissait souvent, et lorsqu'elle avait des passages à vide ou qu'elle en était empêchée, cela la minait, elle avait besoin de ces moments pour son équilibre. Colette était secrète. Jamais elle n'a partagé ses écrits. C'était son jardin. Mais je savais que c'était une partie importante de sa vie.

La journée même de sa mort, le 29 mai 2014, alors que nous étions rassemblés, quelques intimes, autour d'elle, dans sa chambre, Pierre m'a dit qu'elle nous confiait, à tous les deux, ses écrits. J'ai été vraiment très émue et honorée par cette marque de confiance et, tout de suite, j'ai senti une grande responsabilité. Pas une seconde je n'ai hésité à naviguer à travers ces quelques deux mille cinq cents pages écrites en partie à la main et en partie à l'ordinateur, et j'ai éprouvé des sentiments très partagés. J'étais curieuse, bien sûr, avide de les découvrir, mais j'étais aussi intimidée, craintive, émue. Puis j'ai cru bon de laisser un peu de temps avant de réellement plonger dans cette aventure.

J'y ai ensuite consacré quelques années. Dans ses écrits, je l'ai reconnue. J'ai découvert aussi des pans cachés, des douleurs, des douceurs, beaucoup d'amours heureuses ou malheureuses. J'ai compris que son désir d'amour était immense, qu'il n'avait pas été toujours comblé et qu'elle en avait souffert. Et je l'ai aimée encore davantage. Et lorsque je suis tombée sur cette phrase : « Si Nadine accepte, mais qu'elle se sente absolument libre de refuser, elle pourra lire ce que j'ai écrit et voir s'il y a lieu de choisir quelques extraits pour publication… », je l'ai relue plusieurs fois et j'ai réalisé que j'avais une vraie mission. J'ai décidé plus que jamais que je mettrais tout le temps et l'énergie nécessaires pour répondre à son désir.

Après plusieurs mois à lire, à vivre auprès de Colette, j'ai choisi les textes qui, je crois, pouvaient le mieux raconter cette femme passionnée, intense, riche de désirs et de créativité, des textes qui pourraient rejoindre et toucher les lecteurs. Quand j'ai su que les textes de Colette seraient publiés, j'ai ressenti une immense émotion, une vraie joie. Je n'avais qu'un regret : ne pas pouvoir partager la nouvelle avec Colette.

Nadine Marchand
Montréal, août 2020

Je ne veux pas écrire ma vie
Je ne veux pas écrire mes amours
Je ne veux pas étaler cela au grand jour
Elles ne sont pas finies, ni mes amours, ni ma vie
Je les porte au plus secret de moi
Et la brutalité de vos regards acérés
Ne pourrait que les abîmer
Je ne veux rien partager
Vous pourriez tout dévorer
Je suis un grand brûlé
Ne pouvant déambuler
Que couvert de bandelettes comme une momie
Le vent qui vous caresse
Sur ma peau nue est une torture

C'est l'été, probablement le mois d'août, en tout cas il y a de ces petites cerises amères et surettes dans les arbres qui bordent le chemin de terre battue. Je crois que le nom exact de ce fruit est *merise*. C'est l'après-midi, je quitte la maison, il fait chaud, je porte mon maillot de bain sous mes vêtements et une serviette sous mon bras. C'est chaud, un maillot de bain, quand la peau est moite, ça glisse mal et les rangées de petits élastiques qui froncent l'arrière du vêtement piquent le dos. J'ai hâte de me baigner pour me rafraîchir. Je marche, la rue Couillard, je tourne, la rue Hébert, trois ou quatre maisons, je tourne, la rue Dupuis, je tourne, la rue Sauvé, et tout de suite à côté de la maison de Carole Sauvé, le sentier. La sinistre banlieue vient de disparaître, je suis dans le vert, le gros soleil ardent qui tape, c'est fini, le chemin est baigné d'ombre, la lumière est tamisée et tous ces tons de vert, du plus tendre au plus sombre, me font comme une cathédrale. Quelques sons d'insectes – abeilles, cigales, mouches –, quelques sons d'oiseaux habitent ce silence où je suis seule et bien. Et tout à coup, le vent, un petit vent frais sur la peau, ma peau très brune, un petit vent frais qui vient soulager ce sentiment de désespoir qui m'étreint toujours lorsque j'ai trop chaud, ce désespoir qui monte comme s'il n'allait jamais s'arrêter, comme si la température de mon corps allait s'élever sans limites, une situation sans issue et, tout à coup, ce petit vent frais, apaisant. Et je le vois, il y a dans l'air comme des strates, des épaisseurs. Quelque chose qui ressemble au brouillard provoqué par le mucus qu'on a dans l'œil et qui trouble la vision. Mais j'ai les yeux clairs, aucune chassie dans l'œil. Je sais que je vois le vent, j'ai l'impression d'une révélation, c'est quelque chose de secret, d'exaltant, un accès à la connaissance par mon corps, et tout de suite ma tête qui me dit qu'on ne peut pas voir le vent, que c'est impossible. Cette vision est restée en moi comme un trésor caché, quelque chose que je n'aurais pas dû voir, mais que j'avais vu par hasard, qu'il ne fallait en parler à personne, le danger était trop grand, c'eût été comme transporter un château de cartes pour le faire voir à quelqu'un, le temps de parcourir le trajet et il n'y a plus rien à montrer qu'un paquet de cartes et ce qui semble un mensonge.

Le salon gris perle, le plafond bourgogne, le passage bourgogne, le plafond gris perle, entre les deux, une porte en arche, au fond, le canapé en velours à motifs découpés ton sur ton bordeaux avec les côtés gris perle. À gauche, un fauteuil gris perle avec les côtés rembourrés, façon boudins, bourgogne ; à droite, l'autre fauteuil, bourgogne celui-là, avec les côtés tendus gris perle, devant la fenêtre garnie de stores vénitiens, une fougère ; au-dessus du canapé, une photo retouchée, façon image sainte, de mes grands-parents maternels ; sur le mur de gauche, de même facture, une photo de ma mère et une de mon père. Ma mère était absente, sans doute un petit tour chez son amie la voisine ou chez sa sœur en face, en tout cas sûrement pas pour très longtemps. Mon frère devait être dans son parc d'enfant ou dans son lit pour la sieste de l'après-midi. Pour ma part, j'ai toujours honni les siestes de l'après-midi de même que les dimanches, j'ai toujours trouvé brutale et cruelle cette façon d'interrompre la vie, on dirait quelqu'un qui vous vole votre lampe pendant que vous êtes en train de lire un roman passionnant ; comme une panne d'ascenseur, vous êtes piégé, pris en otage dans un lieu clos, emprisonné dans le noir, et vous devez attendre que l'électricité revienne et que l'ascenseur redescende. Pour la sieste, il fallait attendre que l'heure réglementaire soit écoulée, cela m'était tellement insupportable que je mettais un point d'honneur à ne pas dormir et à garder les yeux ouverts. Pour mon frère, je ne sais trop, il était très petit, lui, dans les un an, il devait docilement dormir. Mon père était à son travail, j'étais donc seule dans la maison. Seule à m'ennuyer, à m'ennuyer terriblement. Dehors, un ciel gris perle avec des nuages gris perle et la vapeur d'un léger brouillard, fin novembre, début décembre. J'errais dans la maison sans but, mais tout en m'ennuyant avec cette mère absente et ce frère, si petit et endormi, j'éprouvais une légère excitation à être seule dans la maison, à m'y promener, à regarder les objets, les meubles, à aller dans le salon, cette pièce où personne n'allait si ce ne fut pour empiler les manteaux quand il y avait de la visite et, une fois par année, quand monsieur le curé passait pour la visite de paroisse, en principe pour faire ami-ami, en pratique pour récolter la dîme. Je regardais les meubles, je m'asseyais sur le canapé, sur les fauteuils...

Je regarde dehors, j'étire mes jambes, j'étire mes bras, devant, derrière, oups ! Derrière le fauteuil, ma main heurte l'angle d'une grosse boîte de carton qui est juste un peu moins haute que le dossier du fauteuil. Qu'est-ce que c'est que cela ? Inusité ! Une grosse boîte derrière un fauteuil, aussi inusitée qu'un soulier dans un réfrigérateur. J'entreprends donc d'éclaircir le mystère, le carton blanc est imprimé d'un motif de dentelle rose. Curieux ! Je n'ai jamais vu cela, continuons, penchons un peu la chose, sur la face de la boîte appuyée à la paroi arrière du fauteuil gris perle, il y a une fenêtre en mica et j'aperçois... des cheveux. Je suis ébahie. C'est une poupée ! Une grande poupée, c'est mon cadeau de Noël, elle doit être magnifique. Je suis émue que ma mère veuille me faire un si beau cadeau, c'est ma première poupée. Je suis excitée, mais je ne perds pas le nord, consciente que j'ai vu ce que je n'aurais pas dû voir, je m'éloigne. Que fais-je ? Disons que je vais dans la cuisine ou peut-être que je retourne faire la sieste les yeux grands ouverts, en attendant que cette satanée sentence soit écoulée.

Lorsque ma mère est revenue, je ne sais trop comment elle a pu savoir, est-ce que j'avais déplacé la boîte par mégarde ? J'avais tellement fait attention, cela me semblait impossible. Ou bien était-ce mon regard coupable qui m'a vendue ? Toujours est-il qu'elle était très fâchée, offensée, irritée. Menaçante, elle a demandé si j'avais fouillé, et j'ai juré que non, et elle ne semblait pas du tout me croire et elle a dit qu'il ne fallait pas fouiller, que, si je fouillais, je n'aurais pas de cadeau, quand on fouille, on ne mérite pas de cadeau, que tout ce qu'elle allait me donner pour Noël, si je fouillais, ce serait rien du tout. Elle me donnait l'impression de l'avoir agressée, de l'avoir volée, de l'avoir lâchement poignardée dans le dos. Le jour de Noël, la grosse boîte, c'était pour moi, c'était la grande poupée qu'elle avait commandée dans le catalogue de chez Eaton, que le camion était venu livrer chez son amie la voisine. J'ai dit merci, j'ai embrassé, j'ai dit que j'étais contente. Cette grande poupée aux cheveux frisés vaguement roussâtres, vêtue d'une longue robe rose au corsage de satin glacé, d'une crinoline raide sous une jupe de dentelle raide, avec son petit bijou en fausses perles au cou et son sourire figé, avait un air dédaigneux de princesse glaciale. Une banquise ! Ce n'était pas une poupée à bercer, à cajoler, à caresser, ce n'était pas une poupée avec qui on pouvait parler ou jouer, c'était une statue froide, un mannequin à regarder, ce genre de poupée à mettre sur un couvre-lit tiré au cordeau pour orner la chambre principale. C'était une poupée d'adulte. Maman s'était offert sa première poupée et je lui avais gâché son plaisir. Cette poupée m'a toujours été antipathique, je ne lui ai jamais donné de nom, elle aurait mérité un nom du genre Fluide Glacial ou Infante Métallica ou peut-être Mlle Gris-Perle, mais ce qu'elle a eu comme nom, c'est rien du tout.

C'était l'été, c'était probablement un samedi ou un dimanche, à moins que ce ne fût pendant les vacances de mon père. Je me rappelle que ma mère est de dos, elle ne dit rien, elle a dit ce qu'elle avait à dire, la balle est dans notre camp, elle attend la suite, déterminée à exercer son rôle de monarque, chagrinée et déçue qu'on la mette dans une telle situation ; son dos exprime un tel dédain que je ne peux me résoudre à aborder ma mère de face. Elle veut savoir qui a fait cela, elle veut que le coupable avoue sa faute, s'il ne le fait pas, eh bien ! il ne gagnera pas, nous serons punis, tous les deux. Il faisait beau et chaud et soleil, les amis voisins allaient partir tout de suite après dîner pour aller se baigner au lac, nous n'avions pas de voiture, aussi chaque invitation à la baignade, dont nous raffolions, était-elle pour mon frère et moi une occasion de réjouissance importante et il ne fallait surtout pas la manquer. On se sentait si misérables et abandonnés quand ils partaient sans nous, soit parce qu'il n'y avait plus de place pour un quinzième enfant dans la voiture de six places, soit parce que notre mère n'avait pas le temps de nous accompagner et ne voulait pas imposer aux voisins la tâche de surveiller sa progéniture. Alors, pour pouvoir aller se baigner comme prévu ce jour-là, il fallait que le coupable avoue le crime de la veille, c'était quelque chose qui appartenait à notre mère, qui avait été brisé, alors qu'il était interdit d'y toucher, c'étaient des gâteries qu'elle avait prévues pour la visite et qui avaient été mangées, c'était... en tout cas, quelque chose avait été fait, par mon frère ou par moi, cette chose était une désobéissance à notre mère, et notre mère était absolument dégoûtée qu'un de ses propres enfants ose se passer de sa permission et fasse quoi que ce soit qui porte une ombre au soleil éblouissant de sa toute-puissance, aussi était-elle prête, par tous les moyens, à débusquer le menteur et pouvoir ainsi reconnaître et choisir le bon enfant, l'obéissant, et accabler l'autre de son dédain royal bien pire que les cris ou les coups. Évidemment que c'était moi qui avais fait la chose, je n'arrive pas à retrouver de quoi il s'agissait, mais c'était moi, et je croyais que cela passerait inaperçu et j'étais incapable d'accepter de déchoir d'une telle façon aux yeux de ma mère, aussi ai-je mis tous les accents de la sincérité et de la persuasion dont j'étais capable à jurer mes grands dieux que ce n'était pas moi, j'ai même ajouté, soucieuse du détail qui tue, quelques larmes accompagnées de sanglots *ad hoc* pour étayer mon plaidoyer. Mon pauvre petit frère, quant à lui, faisait la même chose de son côté, et sa détresse de manquer la baignade et le pique-nique n'avait d'égal que mon embarras à sortir de ce dilemme. Je ne pouvais porter la responsabilité de faire rater cette sortie à mon frère, me privant moi-même d'un grand plaisir, et je ne pouvais supporter de voir couler sur moi un regard gluant de mépris, de dédain, de déception qui allait une fois de plus marquer son autorité, sa supériorité et me tendre le miroir d'un être soumis et dépendant. Elle avait le gros bout du bâton, elle le savait, je le savais aussi, mais je ne pouvais ni ne voulais lui céder. Nécessité fait loi, j'ai trouvé une solution. Loin des oreilles de l'Inquisition, j'ai convaincu mon frère de dire que c'était lui, que l'identité du vrai coupable était sans importance aucune, qu'il suffisait d'un coupable, n'importe lequel, pour assouvir sa soif de pouvoir et la contenter et que, dès qu'elle aurait obtenu ce qu'elle exigeait, elle pourrait nous offrir le spectacle de son admirable clémence et deux places au premier rang pour la baignade au lac. Mon frère suivait ma démonstration avec intérêt, il semblait en comprendre les tenants et les aboutissants, mais une chose lui échappait. « Pourquoi que tu dis pas que c'est toi ? » Il m'a fallu encore des trésors de patience et de persuasion pour lui expliquer que c'était mieux lui que moi. Que si c'était lui la faute serait beaucoup moins grave parce qu'il était beaucoup plus jeune et qu'il savait bien que notre mère était bien moins sévère et bien moins exigeante avec lui qu'avec moi, que si c'était lui ça passerait comme dans du beurre, alors que si c'était moi ça ferait tout un drame, que ses punitions étaient toujours beaucoup plus légères que celles dont j'écopais et qu'en plus de tout ça il n'avait pas tellement le choix s'il voulait qu'on aille se baigner, il devait aller voir notre mère, avouer sa culpabilité, dire qu'il regrettait et qu'il ne recommencerait plus, ensuite tout serait oublié et on partirait en pique-nique et ce serait une journée formidable, avec tous les amis, qu'on aurait peut-être même des frites et de la crème glacée au petit kiosque du lac. Ou bien il faisait comme ça et tout s'arrangeait, ou bien on restait tout seuls dans la rue, par cette chaleur suffocante, avec notre mère qui avait mis sa tête de hibou longue comme un jour sans pain et qui, drapée dans sa superbe, pouvait nous tenir un siège de quelques jours le plus facilement du monde. Il avait le choix, qu'est-ce qu'il aimait le mieux ? C'était à lui de décider. Dorénavant, une chose était claire, si jamais on n'allait pas se baigner, à tout le moins, on saurait à qui la faute.

Qu'est-ce qu'on peut dire à une femme qui veut écrire et qui pleure ?

« Pourquoi tu pleures ? »

Je faisais les mots croisés, il fallait trouver « Sans imagination ». La réponse était « stérile », j'ai pensé que c'était le même mot pour « femme sans enfant », « arbre sans fruits », « artiste sans œuvre », et les larmes se sont mises à couler toutes seules sans que j'y puisse rien faire.

J'ai besoin de jouer à la dame, d'être belle, séduisante, féminine. Dans ma Sibérie natale, il n'y a qu'à traverser la rue pour me retrouver chez mon amie Diane Lebrun, ce n'est pas la maison en face de la nôtre, c'est la suivante à droite. Toutes les maisons sont pareilles, des cubes sans grâce, sans charme aucun, il n'y a que les couleurs qui sont différentes. Celle des Lebrun est comme le négatif de la nôtre : le déclin de bois est peint en beige, les bardeaux d'amiante et le tour des fenêtres couleur brique, à mi-chemin entre le rouge et le brun ; chez nous, le bois est brique, le reste beige, c'est l'autre côté du miroir, mais c'est pareil, on entre dans la maison, les pièces sont distribuées de la même manière de chaque côté du couloir, le salon et le boudoir, au fond la cuisine et la salle de bain, à l'étage au-dessus trois chambres fermées et une pièce ouverte, à l'étage en dessous une cave avec la chaudière, les bicyclettes, les patins, etc.

C'est pareil, mais les couleurs sur les murs ne sont pas les mêmes, les meubles sont un peu différents, l'odeur de la maison n'est pas la même. J'aime bien Diane, elle a un an de plus que moi, elle est intelligente, impertinente et audacieuse ; après les vacances, elle sera en troisième année, et moi en deuxième. Sa mère est plus jeune, plus permissive et plus affectueuse, me semble-t-il, que la mienne. Son père, je ne sais trop comment, est passé de pas grand-chose à chômeur pendant un bon moment, pour se retrouver, à cause, je pense, de sa carrure et de ses six pieds deux, policier. C'est la fin de la matinée, nous sommes seules dans la maison, nous sommes montées dans la chambre de ses parents, devant le miroir de la coiffeuse, nous avons mis de la poudre, du fard à joues, du rouge à lèvres, des colliers, des boucles d'oreilles, nous avons essayé des chapeaux et, comble du plaisir, des souliers à talons hauts, et c'est là que la mère de Diane surpasse, et de loin, toutes les mères de la rue, c'est pour cela qu'avec ses quatre pieds dix pouces elle est formidable, intéressante, irrésistible, elle chausse du trois et demi, ses talons hauts – contrairement à ceux de ma mère que je ne remplis qu'à moitié, qui claquent avec un bruit disgracieux pendant la marche périlleuse et vacillante que je me vois forcée d'exécuter lorsque je m'en empare en son absence quand le goût m'en prend –, ses chaussures à elle sont à la taille de nos pieds ou presque, avec les souliers de Mme Lebrun on peut marcher avec aisance, presque avec élégance, comme de vraies dames. Ainsi parées avec nos chemisettes sans manches et nos shorts, ajoutant, peut-être, un petit sac à main, nous sortons.

Je dois bien avoir quelques hésitations à aller dehors avec les atours de Mme Lebrun, mais Diane a dû dire que sa mère était d'accord, que ça ne la dérangeait pas du tout qu'on joue avec ses affaires. Je ne sais trop comment je me retrouve là, mais cette image est claire et ne m'a jamais quittée, je crois, je suis seule, de l'autre côté de la rue, dans la cour des Jetté, le pied gauche engagé jusqu'à la voûte plantaire dans le losange du grillage métallique, l'autre jambe tendue, faisant un angle droit au-dessus de la clôture où mes deux mains sont appuyées sur la traverse en bois vert, j'ai chaud, et des cheveux qui s'échappent de ma queue de cheval me collent au visage pendant que je tente de sauter dans la cour chez nous. Mais je manque de force dans les poignets pour me soulever, et les talons hauts me gênent probablement, enfin, je m'y prends mal et ma cuisse se déchire sur la pointe acérée des triangles de broche qui finissent le haut de la clôture, et je tombe dans ma cour comme une pomme blette du pommier.

Ça saigne, j'ai mal, je pleure. Ma mère sort de la maison, vient près de moi, voit la blessure, me console, me demande de raconter mon aventure, comment il se fait que je me trouve dans cet accoutrement, pourquoi j'ai sauté la clôture, ce qui est arrivé pour que je tombe, pensez-vous... Ma mère me donne une tape, elle me parle fort, son regard est courroucé, elle ne veut pas et, quand elle ne veut pas, il n'y a que sa volonté qui compte, elle ne veut pas que je mette des talons hauts, il faut les enlever et aller les porter d'où ça vient, elle est fâchée contre moi, elle m'en veut parce que je me suis blessée. Est restée dans ma mémoire cette image où je suis sur la clôture, je sais que je vais me faire mal, mais je n'ai pas le choix, je ne peux plus garder mon équilibre, je vais tomber d'une façon ou d'une autre, soit par-devant, soit par-derrière, je poursuis sur ma lancée et je donne un coup vers l'avant; est restée sur ma cuisse une longue et fine cicatrice qui brille plus que le reste de ma peau au soleil quand je m'enduis de crème, au bord de la mer.

Nous étions sur la plage à Kahnawake – à cette époque, la réserve s'appelait encore Caughnawaga, je ne sais plus comment ça s'écrit, on prononçait « Coq-nâ-wâgâ » –, nous formions une drôle de tribu, les Payant, leurs deux enfants, les Jetté, leurs trois enfants plus le grand-père et la grand-mère, les Paquette, leurs trois enfants, les Sullivan, leurs deux enfants, mes parents, mon frère qui a un an ou deux et, moi, cinq ou six. Nous étions venus empilés dans deux ou trois voitures, ce n'était pas loin, une quinzaine de minutes de chez nous. Il y avait des couvertures, des paniers à pique-nique et des glacières pour conserver fraîches la bière pour les hommes et les boissons gazeuses pour les femmes et les enfants. Qu'est-ce qui est arrivé ? J'aimais l'eau, je voulais, mais j'avais peur, je ne savais pas nager.

Éloignée de la rive, à une cinquantaine de pieds peut-être, une énorme glissoire s'y trouve, et pour y accéder il y a une échelle en bois peint blanc qui doit bien avoir douze barreaux très espacés, dont quatre sous la surface de l'eau. Les enfants plus âgés et plus habiles que moi vont sur la glissoire, ils gesticulent, ils s'ébattent, ils crient, ils rient, ils éclaboussent. Les pères se tiennent dans l'eau au pied de cette pente recouverte de linoléum marbré vert et blanc, ils devisent gaiement et accueillent les enfants dans leurs bras à la fin de la chute pour amortir le choc. Je veux y aller, mais j'ai peur ; mon père m'encourage en me disant que je n'ai rien à craindre, qu'il va me rattraper à la fin de la glissade. Il vient me mener sur l'échelle, c'est trop profond pour que j'y aille seule, je fais la queue dans l'échelle, il y a un enfant sur chaque barreau, et celui à qui c'est le tour de glisser fait des *sparages* qui n'en finissent plus avant de s'élancer.

Quand, après avoir attendu et monté les barreaux un à un, j'arrive au dernier – mon Dieu que c'est haut, mon Dieu que je suis prise au piège –, je ne peux plus reculer, la queue s'est reformée sur l'échelle et, devant, tout ce vide et tous ces regards impatients braqués sur moi, je suis debout en haut de la glissoire dans mon petit maillot de bain rose et blanc imprimé d'un curieux petit motif noir qui ressemble au dessin que l'on fait dans les livres de biologie pour illustrer un spermatozoïde, je n'ai plus envie de glisser, je veux juste sauver mon honneur, je ne veux pas que les autres enfants rient de moi et trouvent que je suis une peureuse, je ne veux surtout pas que mon père pense cela, je veux qu'il soit fier de moi et il est en bas, les bras tendus, prêt à m'attraper.

Je m'assois et je dévale la pente, à certains endroits où le soleil a séché le linoléum, ça tire la peau de l'arrière des cuisses et ça pince, plus ça descend, plus ça va vite et ma bouche s'ouvre, je n'ai aucun contrôle, je n'ai qu'une hâte : que cela finisse et que je me retrouve en sécurité dans les bras de mon père, j'y arrive. Il n'y a plus de linoléum dans mon dos, sous mes pieds il n'y a plus de fond, au-dessus de ma tête il n'y a plus de ciel, dans mes poumons il n'y a plus d'air, dans mes yeux, dans mon nez jusqu'au fond de ma gorge, dans ma bouche il y a toute l'eau du lac Saint-Louis. Après, les mains de mon père me prennent sous les aisselles, puis je suis appuyée sur sa poitrine, sa tête regardant la rive, la mienne, par-dessus son épaule, regardant le lac, je suis secouée de sanglots pendant qu'il me ramène au rivage. Il rigole en expliquant que j'ai pris un bouillon, que je dois fermer ma bouche et souffler dans mon nez quand j'arrive dans l'eau. Moi, je ne rigole pas, je suis humiliée, trahie ; il n'y a plus personne à qui je peux me fier pour me protéger.

Ça faisait déjà quelques années que je voulais partir, je voulais sortir de ce milieu étriqué et vivre ma vie que j'avais bien du mal à imaginer, je ne savais pas trop ce que je voulais, mais je savais précisément ce que je ne voulais pas. Je ne voulais pas de l'usine, je ne voulais pas de la maison avec les enfants, je ne voulais pas les conversations au sujet du temps qu'il faisait, de l'entretien du linge, du degré de cuisson du rôti, de la supériorité du V8 sur le V6 de Chevrolet ou de Buick, avec les voisins qui seraient les seuls amis possibles, aussi stimulants qu'un chapelet en famille après le souper d'un soir pluvieux de novembre. Je ne voulais pas savoir qui était mort, quand et de quelle maladie, que sa femme était en train de se faire mourir elle-même tellement elle en avait bien pris soin, surtout qu'elle n'était plus toute jeune, elle non plus, et que monsieur le curé avait donc bien parlé dans son sermon lors des funérailles et que l'église était donc belle avec toutes les fleurs qu'on y avait mises.

La seule petite certitude que j'avais, c'étaient les livres, le peu que j'avais pu entrevoir qui pouvait avoir un rapport avec quelque chose qui fût digne de s'appeler « la vie » et non pas ce train-train insignifiant et insensé que j'avais toujours eu sous les yeux, je l'avais senti à travers les livres comme on peut deviner tout l'intérêt d'une chose inconnue qui se passe derrière une porte close. Ce que je voulais était autour des livres, ce que je voulais avec les livres était dans la ville et non dans cette banlieue de banlieue de la paroisse à côté d'un village de Sibérie. Je voulais partir, je voulais vivre ma vie, sans tout à fait pouvoir y croire, mais je voulais tout de même essayer, tenter ma chance d'échapper à tout cela mais sans fracas, le plus vite possible mais en catimini, je ne voulais pas faire de la peine aux miens et je savais qu'ils ne pouvaient pas comprendre tout cela. Ils étaient ignorants et pauvres, je le savais, je savais aussi qu'ils faisaient du mieux qu'ils pouvaient avec ce qu'ils avaient, je ne leur en voulais pas, c'était ainsi, impensable que ce pût être autrement, je voulais juste m'en aller, sans blesser personne.

Le collège classique de la grosse bourgade à côté venait d'être transformé en cégep, et c'est là que j'aurais dû échouer pour poursuivre mes études, ce qui m'aurait permis de continuer à habiter chez mes parents, c'eût été la solution la plus économique et, quand on est pauvre, c'est toujours le critère le plus important pour prendre une décision.

J'avais dix-sept ans, j'aurais fait deux ans au cégep et deux ans à l'université et j'aurais eu mon bac à vingt et un ans. Encore deux ans chez mes parents me paraissaient comme une condamnation à perpétuité, or il se trouvait que l'Université d'Ottawa acceptait les étudiants ontariens au bac après la treizième année et ceux du Québec après le secondaire 5, et les cours duraient trois ans. Il n'a pas été trop difficile de convaincre mes parents que c'était la solution idéale puisque je gagnais un an, j'aurais mon bac à vingt ans plutôt qu'à vingt et un. En plus, le grand Robert, mon copain et voisin, avait décidé de faire la même chose, ainsi que mon amoureux Pierre que mes parents avaient en haute estime. Il y eut bien quelques hésitations de leur part, mais je posai ma candidature, je fus acceptée, et puis j'apprendrais l'anglais – forcément à Ottawa ! –, et on sait à quel point c'est important, l'anglais, presque plus que les diplômes ! Aujourd'hui, sans anglais, on ne peut rien faire, et puis on épargnait ainsi les frais d'une année de scolarité ! Argument massue qui emporta leur approbation.

Il avait été convenu, et tout le monde était d'accord pour trouver que c'était plein de bon sens, que Pierre et le grand Robert habiteraient le deux-pièces que nous avions vu, dans la Côte-de-Sable, composé d'une chambre et d'un salon-salle à manger-cuisine. Moi, je louerais une chambre à deux rues de là et j'irais partager mes repas avec les gars, ce serait plus économique que de se nourrir à la cafétéria, et bien meilleur, étant entendu que ce serait moi qui cuisinerais. J'économiserais, ils économiseraient, quelle aubaine ! Et en plus, ce serait bon pour la santé, les mères des garçons étaient ravies. Ainsi fut-il fait, à l'exception d'un tout petit changement arrangé entre nous, Robert irait dormir dans la chambre avenue Daly, tandis que Pierre et moi passerions nos nuits dans l'appartement de la rue Friedman, le reste de l'entente serait respecté à la lettre et nous n'en économiserions pas moins !

Ma première année universitaire se passa ainsi, j'étais dans une ville, parmi les livres, avec un homme, bien sûr, ce n'était pas une grande ville très excitante, bien sûr, c'était un tout jeune homme aussi gauche que moi, mais nous étions heureux, nous ne nous quittions pas, et c'est la mort dans l'âme qu'il fallut nous séparer vendredi et samedi soir cette année-là, les deux ou trois fois où nous avons dû nous rendre en Sibérie pour faire croire à nos familles combien elles nous manquaient. Quand j'arrivai chez mes parents pour le congé de fin d'année au mois de mai, il était entendu que je venais passer quelques jours et que je retournerais là-bas où j'avais trouvé un travail pour l'été, car je devais payer mes études et c'était plus économique de garder ma chambre qui n'était pas trop chère, Dieu sait à quel prix j'aurais pu en trouver une autre à l'automne vu la pénurie.

Ce jour-là, j'ai eu droit à une conversation au boudoir, le boudoir étant chez nous la pièce réservée à la télévision. Mes parents, avec l'air le plus sombre qu'on puisse imaginer, m'ont appris que les parents de Pierre étaient venus les voir, ils avaient eu vent que leur fils vivait « maritalement » avec moi à Ottawa et que cela n'était pas possible, il fallait d'urgence faire quelque chose. Il a été question de nos études, il était souhaitable que nous ne perdions pas l'année que nous avions gagnée, il a été question d'amour, il a été question de mariage, il a été question de rupture. Mon père était embêté, il ne savait trop quelle position tenir dans la circonstance. Ma mère était défaite, en deuil, elle venait de subir un affront irréparable, *mater dolorosa* en personne, muette, comme le commandent les plus grandes douleurs, laissant lâchement mon père se dépêtrer tout seul avec ce sac de nœuds, des larmes coulaient à flots continus derrière ses lunettes et elle tamponnait son nez avec un kleenex auquel elle semblait se raccrocher comme à un radeau pendant un ouragan. Mon père a fini par dire que les parents de Pierre avaient raison, la situation ne pouvait continuer comme cela, mais que si c'était ce que je souhaitais, je pouvais me marier, qu'il ne s'y opposerait pas même si de leur côté les parents de Pierre semblaient réticents, ils n'envisageaient pas ce mariage d'un trop bon œil, vu notre jeune âge, et avaient fait une allusion, oh ! toute légère, au fait que, s'il attendait d'être diplômé et d'avoir un travail sérieux, leur fils trouverait peut-être quelqu'un de… mon père laissa entendre, sans le dire, qu'ils trouvaient peut-être que je n'étais pas assez bien pour leur fils, mais que si Pierre et moi décidions de nous marier, nous pouvions compter sur son appui bien même s'il aurait préféré qu'on attende la fin de nos études pour commencer nos ébats. La fornication venait avec son cortège d'obligations – mariage, enfants, travail, argent, maison, hypothèque –, il connaissait, il avait déjà donné.

Dans les faits, mes parents voulaient qu'on se marie ou bien qu'on se sépare ; les parents de Pierre, eux, voulaient qu'on se sépare. Moi, j'attendais un grand geste de Pierre, j'attendais qu'il les envoie tous se faire foutre, en claquant la porte, qu'il prenne ma valise d'une main et ma main de l'autre, et qu'on retourne faire ce qu'on avait à faire sans plus jamais s'occuper de personne. Cette tragicomédie dura deux jours, deux jours et demi. De mon point de vue, Pierre aurait dû faire son coup de théâtre dans l'heure qui avait suivi le lever du rideau, mais, impressionné par ses parents, il avait quelque peu tardé à réagir. Chez nous, l'atmosphère devenait irrespirable à cause de l'hystérie de ma mère. Enfermée dans sa chambre, elle pleurait comme un veau. Dieu sait, pour cette Perrette, tout ce à quoi mon trébuchement la forçait à dire adieu. J'ai senti qu'il était de mon devoir d'aller la consoler ou, à tout le moins, de la calmer. Je suis donc entrée dans sa chambre, j'ai tenté de lui parler, mais elle refusait de répondre, elle refusait même de me regarder et continuait à gémir, à sangloter, à se lamenter, à souffrir. C'était son drame à elle, c'était à elle qu'il arrivait quelque chose de terrible, pas à moi ; pas une seule seconde elle ne parut s'inquiéter de l'effet de tout cela sur moi. Elle gisait, allongée sur son lit ; j'étais debout, ne sachant plus quoi dire ni où me mettre, ne sachant comment prendre congé sans lui asséner un nouveau coup au cœur, quand elle a levé soudain les yeux sur moi et m'a jeté d'un seul souffle : « Comment as-tu pu ME faire ça ? » Ce fut le point d'orgue. Les quelques pleurs et hoquets loqueteux qui ont suivi m'ont donné les quelques secondes qu'il fallait pour décider de sauver ma peau. Je suis sortie de sa chambre, j'ai rassemblé mes affaires, je m'en suis allée. Pour éviter que le drame ne devienne shakespearien, je suis allée voir mon père qui avait trouvé refuge au potager, je lui ai dit que je partais. Il m'a implorée, d'une voix pleine de lassitude, de n'être pas trop sévère à l'égard de ma mère, que ce n'était pas sa faute, que lui, il pouvait comprendre, qu'il avait toujours eu le sang chaud, mais qu'elle, elle ne pouvait pas comprendre ces choses-là, qu'elle n'avait jamais aimé cela. Moi, je ne pouvais comprendre une femme comme elle et encore moins une mère comme elle. Je suis partie, déterminée à tourner le dos à tout jamais à cette mère au pouvoir plus grand que l'attraction terrestre, sa force de gravitation non seulement me collait les pieds sur la terre, mais elle semblait avoir l'ambition de m'ensevelir profond dans le sol pour maintenir son emprise sur moi. J'ai tourné le dos à ce bled de Sibérie dont chaque maison, chaque commerce, chaque immeuble, chaque personne, chaque parole de chaque personne, chaque pensée de chaque personne offensait ma vue et écorchait mon âme, impossible dans ce lieu maudit de poser le regard sur un centimètre carré de beauté, de poésie ou d'élévation d'esprit, il fallait fuir de toute urgence sous peine d'être engluée à tout jamais dans ce magma infâme. J'ai tourné le dos à Pierre, cette eau tiède ! Comment n'avait-il pas, au moins, occis père et mère lorsqu'il les avait entendus émettre la plus infime réserve à mon sujet. J'ai tourné le dos à qui me désirait si peu, si mollement, si médiocrement, j'aimais et je voulais être aimée farouchement, fougueusement, follement, avec ardeur, férocité et fureur. On m'accusait de m'épivarder, c'était vrai, et je continuerais, je ne vivrais pas ensevelie comme eux, j'allais m'épivarder, j'avais la rage de recommencer encore et encore et plus fort. On allait bien voir ce qu'on allait bien voir.

Mon cœur comme une mouche
Enfermée dans un bocal
Et l'affolement et les heurts
Jusqu'à épuisement
Personne ne viendra donc
Enlever le couvercle ?

J'ai besoin de me jouer de la peur, un souvenir remonte, une grande peur, j'avais raison d'avoir peur, il y avait de quoi avoir peur, l'accident aurait pu être très grave, et j'en étais responsable. Heureusement, il a été sans conséquence, enfin, ce qui aurait pu arriver de fatal ne s'est pas produit, mais je porte encore la faute, mon casier n'est pas vierge, mais je raconterai cela une autre fois, ça n'a rien à voir avec me jouer de la peur. Me jouer de la peur, c'est prendre l'avion vendredi prochain, le reprendre quelques jours plus tard et encore une fois au retour. Me jouer de la peur, c'est prendre la plume et tracer ces lignes. J'ai besoin de me la jouer de diverses manières, de me la jouer héroïque, pathétique, *staccato, furioso, allegro, allegrissimo, vivace con forza.*

Quand ma camarade a parlé l'autre jour de son désir d'avoir une coiffeuse, je me suis revue dans le miroir de ma coiffeuse dans ma chambre peinte en pêche, j'avais sept ou huit ans alors, bien trop petite pour me maquiller ou me parfumer, je ne me coiffais même pas toute seule, c'était ma mère qui réunissait mes cheveux en queue de cheval, si tirés que ça me faisait des yeux de Chinoise. Mes yeux, pendant que je suis assise devant le grand miroir de la coiffeuse – meuble appartenant à un ensemble lit-commode quatre tiroirs-coiffeuse trois tiroirs avec miroir de cinq pieds, pattes travaillées en quille inversée, arabesques en relief sur le plaqué de noyer foncé, pièce la plus spectaculaire de ce mobilier des années trente qui avait des relents de style nouille réchauffé en Angleterre, acquis auprès de Mlle Courchesne, coiffeuse de son état, qui l'avait laissé aller pour une chanson, ayant assez fait de mises en plis et de permanentes pour s'en offrir un nouveau plus au goût du jour –, mes yeux, c'était ce que je regardais, longtemps, je fixais mes yeux, tout disparaissait autour, le reflet de la chambre, mon bonnet de cheveux sombres, les traits de mon visage s'effaçaient, j'oubliais même le miroir pour ne plus voir que l'iris et la pupille de mon œil.

J'étais perdue dans un grand point d'interrogation qui ne se traduisait pas en mots, c'était un point de douleur où se mêlaient qui, quoi, pourquoi, puis une sensation de chaleur envahissait mon visage, un amas visqueux obstruait mon nez et les larmes débordaient de mes yeux, l'âme trop pleine d'une saveur amère et salée. Quelques instants plus tard, mon visage reparaissait dans le miroir, je regardais couler les larmes, je n'avais pas de peine, enfin, je n'avais pas de raison d'avoir de peine, je me demandais qui pleurait et, peu à peu, je sentais un plaisir dans la chaleur de cette eau qui baignait mon visage, et une puissance, un pouvoir, une force qui sourdait de moi, j'en étais la source, effrayante, inconnue, je finissais par me trouver émouvante, celle qui regardait trouvait crédible celle qui était regardée, puis elle séchait ses yeux, ses joues, son cou, se mouchait un bon coup et, pendant que sa figure refroidissait et que les rougeurs s'évanouissaient, elle se demandait si tout cela n'était que de la simulation, d'où cela venait-il et pourquoi.

Aller au bal. Pourquoi Cendrillon n'avait-elle pas de belles robes comme ses sœurs, pourquoi devait-elle faire le ménage et pas elles ? Si je m'en souviens bien, la mère était veuve, elle avait deux filles, et le père, veuf aussi, avait une fille, Cendrillon. C'était probablement parce qu'elle était la fille de son père que les deux sœurs, avec l'assentiment de leur mère, faisaient un mauvais parti à Cendrillon. Rivalités de femelles pour le beau grand mâle, et puis, comme le bien attire le bien, le bon, le bon, c'est Cendrillon qui attirera le prince à cause de son petit pied. Ça me revient tout à coup, ce n'est pas le prince qui a décidé de la petite taille des chaussures, c'est Cendrillon qui, en s'enfuyant à la course pour être rentrée avant minuit, a perdu sa pantoufle de vair, a perdu sa… Admettons pour s'amuser, pour rire, pantoufle bordée de vair, sexe féminin, rentrée avant minuit sinon citrouille, gros ventre, oh là là ! Cendrillon s'est laissée aller, puis elle pense aux conséquences, citrouille et tout ce qui s'ensuit, hop ! *coitus interruptus,* et elle s'enfuit. Le lendemain, l'autre appâté et encore sur sa faim la cherche partout pour consommer. Je regarde par la fenêtre, le ciel, les toits, ce n'est pas particulièrement beau ; dans l'autre fenêtre, c'est la montagne, j'ai de l'affection pour cette ville. Ce qui se présente à l'instant, c'est mon inquiétude et ma répugnance à la dévoiler, dans ma bouche ma langue brûle, et de ma gorge à mon estomac, et cela, depuis un an, bientôt deux. J'ai peur que cela s'aggrave, dégénère, cancer et compagnie, beaucoup d'imaginaire dans tout cela. Ne pas oublier ma part hystérique, le besoin d'inscription dans le corps, le symptôme qui toujours se déplace. Je n'aime pas parler de cela, je trouve cela déplacé, justement, pas à sa place sur une feuille, dans l'oreille d'un autre, je cède à le dire avec toute l'application résignée de celle qui enfermée dans le grenier devait filer des tas et des tas de laine ou de lin, je ne sais plus, c'étaient des quantités inhumaines, et elle arrivait à conserver sa vie parce que dans son sommeil un bon lutin ou une fée faisait tout le travail. Je ne crois pas au pouvoir rédempteur des mots, je ne peux pas y croire, je suis un pêcheur, j'attrape un poisson, pas tous les jours mais assez souvent, je peux le manger et, grâce à lui, ne pas mourir, mais… je suis perdue dans les méandres de ma pensée comme une sardine dans un grand filet rempli de poissons, je voulais juste en arriver à dire que je fais tout ce qu'il faut comme prescrit, scrupuleusement, pour n'être pas accusée d'être responsable du mal, mais avec la presque certitude de l'échec, du ratage ; en guise d'espoir je conserve le doute, là encore pour n'être pas accusée de ne pas faire le nécessaire, je suis la pierre fracturée, obnubilée par sa fracture, tout entière définie par elle, comme s'il était possible qu'il n'y ait que la fracture sans qu'il y ait de pierre autour. Je tente de me guérir comme si c'était mon devoir d'état, une mission, m'apparaît une image d'un agent secret à qui on impose de disparaître, de se cacher dans les endroits les plus secrets pour préserver sa vie, sa mission est de rester en vie absolument pour servir de relais, il doit chuchoter à l'oreille de la personne qui saura se rendre jusqu'à lui un mot de passe dont il ne connaîtra ni le sens ni l'usage, mais qui permettra à l'autre de poursuivre sa tâche, et cela aurait à voir avec le bien commun.

Qui me dira jamais la limite de l'impudeur, comment savoir où s'arrêter pour ne blesser personne, montrer la plaie, la mienne et la tienne, non pas enfoncer une lame dans ta chair ? Pourquoi ces larmes sur la feuille et le gros nez, tout à coup ? Sont-ils nombreux, ceux qui écrivent avec une boîte de kleenex sur la table ? Ça fait déjà une heure que je suis là, j'ai encore deux heures à tirer, une heure et demie au moins, j'ai envie de fuir, j'ai peur, peur d'avoir peur, peur d'avoir mal. Je suis une mauviette, mais je suis aussi un cerbère qui montre les crocs, je ne me laisserai pas fuir. Mais si je suis le voyou bardé de clous, bardé de cuir, armé d'un couteau à cran d'arrêt, d'un coup-de-poing américain, les yeux injectés de sang, exorbités, vociférant « vide ton sac ! », ai-je bien pris soin de regarder à qui je m'attaque, n'ai-je pas devant moi qu'une petite vieille à chignon vacillant sur ses échasses, dont les mains tremblantes ouvriront, sous la terreur, le petit sac plissé duquel tomberont sur le trottoir, pêle-mêle, un chèque de BS, un tube de fixatif pour dentier, un chapelet, quelques dollars, quelques photos anciennes de jeunes gens et des photos récentes de petits-enfants et, chose que tu n'as pas vue souvent dans ta vie, un mouchoir repassé ? Que feras-tu de tout cela ? Tu auras l'air d'un con, tout ce que tu auras volé et attrapé, c'est la pauvreté, va plutôt si tu veux être courageux braquer un gros pigeon, un plein aux as, un susceptible de transporter un gros magot, un trésor substantiel. Pauvre cloche, quand on manque d'envergure à ce point, vaut encore mieux être honnête.

Pas plus que mon nom ne me plaisait mon prénom, cette dernière syllabe, *lette*, dans le patois de mon coin de Sibérie, signifiait « pas jolie, disgracieuse, pas belle ». C'est en découvrant que des gens dignes de considération, professeurs de français, intellectuels, artistes, vouaient une certaine admiration à l'œuvre de Colette que je me suis réconciliée un peu avec mon prénom. Elle, elle était crédible, c'était une artiste, elle avait fait une œuvre, elle était reconnue même si c'était une femme et elle avait laissé tomber le magnifique prénom Gabrielle pour ne garder que son nom, Colette. Je tentais de m'inventer une filiation avec la Bourguignonne et le fait que ma mère me raconte un jour qu'elle avait eu l'idée de ce prénom à cause d'une chanteuse populaire, Colette Bonheur, qu'elle trouvait cela joli, que la consonance avec mon nom de famille évoquait une certaine parenté avec cette voix qu'elle aimait et, est-ce moi qui ai inventé cela, qu'elle souhaitait que je sois heureuse ? Et n'est-ce pas un cadeau empoisonné puisque je fais toujours le contraire de ce qu'elle réclame et que j'ai longtemps cru et proclamé que mon plus cher désir était de ne pas être comme ma mère, que j'ai consacré beaucoup d'énergie à ne pas lui ressembler et gaspillé mon temps et mon âme à croire qu'elle était une mauvaise mère parce que j'étais une mauvaise fille ? Oui, la fille de Sido a fait plus pour me faire accepter ce don de ma mère que cette histoire de chanteuse à cette période de ma vie où je refusais tout ce qui venait d'elle ; aujourd'hui, alors que je suis un peu pacifiée et probablement capable de faire preuve d'un peu de justice, je lui suis reconnaissante pour Bonheur s'il y avait une intention et je lui laisse le bénéfice du doute ; et pour Colette où j'ai pu accrocher mon wagon à la locomotive de la vagabonde, ça aurait pu être pire.

Jean-Louis Barrault était venu au conservatoire nous parler. Tous les élèves de première, de deuxième et de troisième année étaient réunis autour de lui sur la scène du vieux Théâtre National. Nous étions tous impressionnés, la France en nos murs; le directeur, les professeurs, tout le monde écoutait religieusement ou prenait soin de se composer un air de « j'en ai vu d'autres » légèrement dédaigneux se manifestant par une dilatation de la narine sous un regard détaché auquel néanmoins rien n'échappe. Lui, l'invité, se pavanait au milieu de la basse-cour, hybride de vieux coq et de paon, son profil de renard au long nez aigu dont sortait sa voix, ses cheveux frisés serré comme un mouton et quelque chose dans le pied d'un peu fourchu; je lui avais toujours trouvé un air fourbe et malingre qui ne me plaisait pas. Mais je voulais l'aimer, il était là parmi nous, c'était un grand tout, acteur, metteur en scène, directeur de théâtre, un grand amoureux avec sa Madeleine, grande actrice, je voulais cesser de me méfier et je voulais être subjuguée, transportée, éblouie, comme les autres autour de moi qui tripaient fort. Lui, en acteur, en Français, en vieil acteur français, faisait son numéro, il était là pour cela, c'était ce qu'on attendait de lui et, dans son numéro, il tentait de nous transmettre ses réflexions sur le métier, vous savez, ces choses dangereuses dont les vieux se gargarisent, qui peuvent aussi bien, chez les jeunes âmes sensibles, fournir l'étincelle que noyer le poisson; ces vieux égoïstes prennent leur pied, se servant de l'alibi que ce qui ne tue pas rend plus fort et que ce métier est si difficile qu'ils doivent instruire les novices, et que ceux qui ne peuvent supporter la chaleur du four quittent la cuisine.

Il racontait des anecdotes, ses débuts, il nous jouait « Son Altesse royale en toute simplicité, les pieds sur la bavette du poêle », et il faisait cela très bien. Vint un moment où il eut besoin d'une partenaire pour illustrer son propos, il me tendit la main et m'entraîna au milieu de la scène. Il perçut ma méfiance, point besoin d'être devin pour cela, j'étais morte de trac, d'être une proie dans ses mains, sans aucune idée de ce qui m'attendait et terrorisée d'attirer sur moi l'attention de tout le conservatoire où j'étais entrée un mois à peine avant cette journée de la venue de l'illustre. Il m'expliqua devant tout le monde que ce qu'il me demandait de faire était très simple, c'était de ne rien faire, de m'abandonner. Il mit mes deux mains dans les siennes et me demanda de laisser tomber ma tête, mes épaules et tout le haut de mon corps par en arrière. Il disait que je devais lui faire confiance, qu'il était là pour me retenir, qu'il sentait que je ne m'abandonnais pas, qu'il percevait une résistance dans mes bras. J'étais dans l'eau bouillante, je devais, je voulais arriver à lui donner ce qu'il voulait, c'était si simple, juste lâcher prise, faire confiance, s'abandonner, ne rien faire, j'aurais l'air d'une vraie conne devant tout le monde si je n'y arrivais pas. Il était bien entendu pour moi que n'importe lequel de mes camarades y serait arrivé du premier coup, je devais me dépêcher, on n'allait pas passer le réveillon là-dessus, et le ton de son éminence se faisait à la fois mielleux, persuasif et autoritaire, « faites-moi confiance, abandonnez-vous », et plus vite j'y arriverais, plus vite je pourrais retourner m'asseoir à ma place, mais c'était si difficile, je n'arrivais pas à avoir confiance et je me morigénais, m'accusant de manquer de générosité, d'ouverture, de souplesse, j'étais comme une bête stupide et craintive. Dans un effort titanesque pour faire preuve d'intelligence et d'audace, je voulus être docile, obéissante, j'étais là pour apprendre, je devais faire ce qu'on me demandait et je devais profiter de la chance que j'avais de recevoir directement ainsi l'enseignement d'un grand, d'un si grand homme de théâtre. Je sentais ses mains fermes qui tenaient bien les miennes, je voyais son regard insistant m'incitant à lâcher prise, et je plongeai par-derrière, larguant les amarres d'une seule traite, l'abandon total. Un abandon que je n'eus pas le temps de goûter, car c'est au moment même où je basculais dans la confiance que le maître ouvrit ses grandes mains solides, m'abandonnant à la gravité, me laissant impitoyablement choir ; je me retrouvai sur le cul, trompée, humiliée, ridicule. Et tous mes camarades qui se bidonnaient. J'avais donné ce que je ne voulais pas donner et j'avais eu tort, j'aurais dû suivre ma première idée, celle qui m'était naturelle, et son altesse conclut avec un sourire narquois de renard satisfait de son effet qu'au théâtre pour bien jouer il faut s'abandonner à son partenaire, mais… jamais tout à fait. Peut-être que je suis rendue à l'âge de vieux croûton et que je pourrais aujourd'hui tirer parti de cette médecine qui, si elle ne nous tue pas, nous rend plus fort, et accepter la leçon qu'il faut s'abandonner, que c'est la condition préalable pour qu'il y ait jeu, pour qu'il y ait échange, et, « pas tout à fait » parce qu'il faut toujours être prêt à tout, il faut savoir parer à toute éventualité et se tenir tout seul si le partenaire vient à manquer, il faut jouer à deux et pouvoir jouer tout seul, en cas de détresse, et non pas toujours jouer seul pour parer aux conséquences entraînées par le partenaire qui nous laissera peut-être tomber. Je n'aimais pas ce monsieur, je ne l'aime toujours pas, il avait besoin d'un cobaye pour sa démonstration, il est mal tombé ; s'il avait attrapé un spécimen à la confiance abondante, s'abandonnant à tout vent, comme certains de mes camarades, c'eût été tout profit pour l'élève cobaye, pour ses camarades et pour le grand manitou, mais il est tombé sur moi qui n'avais aucune confiance en stock et qui croyais que cette denrée était trop explosive pour être tenue en magasin. J'avais besoin de la première partie de la leçon à cette étape, je n'étais pas encore prête pour le « pas tout à fait », et c'est tout ce que j'ai retenu, et le « pas tout à fait », comme de la limaille sur un aimant, est venu se coller à confiance-danger-explosif. Cela dit, il avait raison, je le reconnais.

Noces de sang. Je ne voulais pas jouer la mère, je ne voulais pas être capable de jouer la mère, je ne pouvais accepter que Marie prenne ma place dans la fille et, dans la scène où je jouais la fiancée, la langue poétique de Lorca m'était difficile, elle ne disait pas assez, mon partenaire était gauche, j'étais un volcan qui n'arrivait pas à faire éruption, un bûcher prêt à flamber qui n'attendait que l'étincelle, il y avait mon partenaire, un révolté, orgueilleux, baveux, il y avait son arrogance et en dessous, caché du mieux qu'il pût, un petit cœur à la crème moelleux et fragile, plein de tendresse, de rêveries, de déceptions et de refus des déceptions. Il disait que, nous deux, on n'était pas comme les autres, qu'on était des vrais passionnés. Nos autres camarades étaient trop sages, rangés, ennuyeux, si propres, si prévisibles. Nous deux, on était les plus rock-and-roll, les plus affamés, les plus flamencos; le noir désir de flamber nous habitait, nous voulions nous consumer et ne trouvions pas de bois pour nourrir notre flamme. Il y avait son superbe sexe que mon partenaire m'a offert sans que je sache en profiter vraiment, je voulais être prise, lui aussi, ni l'un ni l'autre ne pouvions prendre. Et puis nous avons présenté notre scène pour les examens de Noël, on avait fabriqué les costumes que l'on pouvait, j'avais demandé à ma mère si elle me prêtait sa robe de mariée, elle avait sorti du coffre de cèdre une grande boîte grise et, emballée dans du papier de soie, une superbe robe blanche qu'elle-même avait cousue, élégante et sexy avec la taille très ajustée et la manche longue qui se terminait en pointe venant recouvrir la main jusqu'aux jointures, elle m'avait demandé de la passer, proposant de faire les ajustements qui seraient nécessaires, et avait été stupéfaite de constater que la robe m'allait comme un gant, longueur des manches et de l'ourlet, ses vingt pouces de tour de taille qu'elle admirait et regrettait tout à la fois, puis elle m'avait indiqué comment poser le grand voile sur ma crinière. La pouliche était prête pour *Noces de sang*, elle n'en revenait pas, il n'y avait rien à faire, pas de retouches, la robe était parfaitement ajustée de partout, ça voulait donc dire que j'étais comme elle ? Est-ce que c'était une bonne nouvelle ? Qui était cette femelle sous la robe ? Une rivale, une mère en puissance, une amoureuse déchaînée qui cherchait une forêt à embraser de la fureur de sa passion ?

Juste pour ne pas l'oublier, je voudrais noter une pensée surgie de Dieu sait où et qui m'est venue tout à l'heure alors qu'un petit bout de laine dépassait d'un cardigan que j'allais ranger, j'allais prendre les ciseaux pour le couper, puis, parlant toute seule à haute voix comme ça m'amuse de le faire parfois pour me tenir compagnie, mettre de la vie dans la maison et me faire rire un peu, je me suis dit que ma mère, elle qui s'y connaît, en fait elle est imbattable pour la couture, le tricot, la broderie et l'entretien du linge, elle ne ferait pas cela, elle rentrerait le fil à l'intérieur du tricot plutôt que de le couper, car on ne sait jamais, une maille pourrait s'agrandir, faire un trou et même une échelle, elle le rentrerait avec une aiguille. J'étais donc devant la fenêtre avec une aiguille, tentant de rentrer le petit bout de laine qui ressortait à chaque reprise quand je me suis entendue dire : « Je ne suis pas ma mère, c'est elle, l'experte des travaux d'aiguille. » J'ai pensé aux faiseuses d'anges, aux aiguilles à tricoter et j'ai pensé à l'histoire d'Alice, où il me semble que j'avais imaginé qu'elle avait été emportée par une septicémie après un avortement derrière les fagots. Puis il m'est venu que c'était elle qui avait joué du crochet pour aider Alice, pour éviter le scandale, elle a toujours eu des talents d'infirmière, ma mère, elle sait ce qu'il faut faire, elle garde son sang-froid, des pensées comme celle-là sont difficiles à accueillir, comment savoir si elles ne sont pas les élucubrations d'un esprit dérangé et sinon pourquoi déterrer, comme un chien qui creuse obstinément, un cadavre qu'on a mis toute une vie à cacher et à oublier, de quel droit et sur quelles preuves et pourquoi ? Pourquoi cette Alice se présente-t-elle à mes pensées alors que je n'en ai entendu parler que deux ou trois fois, seulement par ma mère, jamais par les autres membres de la famille et que toujours c'était moi qui posais des questions ?

Cette absence immense de ma mère, le grand trou de son âme qui l'absorbait toute alors qu'elle me tenait dans ses bras et que j'étais un nourrisson, n'était-ce pas Alice et son bébé disparus qui la hantaient ? Comment pouvait-elle tenir ce rôle ; n'avait-il pas appartenu à sa sœur qui n'avait pu le jouer ? N'y avait-il pas une injustice à ce qu'elle puisse, elle, être mère ? Tout cela n'est probablement qu'imagination, mais d'où cela vient-il et pourquoi ? Et ce malaise que j'éprouve comme si je trahissais un secret pourtant jamais révélé et qu'il m'appartenait en racontant cette histoire de témoigner d'une vie, d'un germe de vie, celle du bébé d'Alice ? Et s'il s'agissait d'une reconnaissance ? Nageons-nous en plein délire, pensée magique, ésotérisme ? Affabulation ? Probablement, mais pourquoi, où en serait le bénéfice ? M'amener à parler du secret ? C'était ce que je voulais aborder en commençant cette page sur *Noces de sang*, je voulais dire que j'éprouvais les demandes de mon professeur d'interprétation comme une torture visant à me faire avouer un secret, à me faire montrer au grand jour quelque chose qu'on avait caché dans ma main, sans que je sache ce que c'était, et que ma mission était de garder ce secret et de continuer à l'ignorer moi-même, pour plus de sûreté, et de ne laisser personne me piéger pour ouvrir ma main. J'avais l'impression que mon professeur voulait plonger la main dans mon foie pour en extirper ma singularité, l'étaler aux yeux de tous, pour me bannir, me détruire, il était question de boucherie et d'humiliation. Je croyais qu'il y avait un modèle dans la tête de mon professeur auquel je devais correspondre, et je n'y arrivais pas. Pis, je ne voulais pas y arriver. Ce que je souhaitais, c'était faire semblant d'y arriver, le berner, car j'avais, moi, dans ma tête, un modèle qui me semblait bien supérieur, si supérieur que je n'arrivais pas à l'imiter, que je savais que je n'y arriverais jamais. C'est un peu comme l'espoir, il faut afficher un espoir de surface, de courtoisie, par égard pour ses semblables, c'est la moindre des politesses, la vie est suffisamment difficile, il faut au moins mettre sa main devant sa bouche quand on tousse pour éviter de contaminer son entourage, mais n'empêche qu'à son cinéma intérieur c'est le désespoir qui tient l'affiche toutes les semaines et, comme les poupées russes, cet échafaudage sert à cacher la dernière, la plus petite, la poupée la mieux dissimulée, celle qui est pleine d'un espoir si fragile qu'il faut le tenir à l'abri de la lumière et de l'air qui pourrait l'éventer.

Pierre, bien sûr. Oh ! que j'ai peur du grand escalier et du chien féroce qui aboie si fort en montrant les dents ! La pensée de quelque chose d'irrémédiablement perdu à partager avec d'autres, fût-ce cette feuille, cette part, part de moi se rétracte, se contracte, un hérisson en boule, l'idée d'avoir à lire devant le groupe ce que j'écrirai à ce sujet me paralyse, je ne dois pas penser à cela, je dois m'accorder la liberté la plus entière, je dois écrire d'abord et avant tout, laisser sortir ce flot, et ce sera une autre chanson de savoir si je le lis ou pas, là aussi je serai libre, on verra bien, ne pas mettre la charrue devant les bœufs, ne pas fuir, ne pas esquiver, monter l'escalier, faire face. Pierre, mon cher amour, mon jumeau, mon père, ma mère, mon frère, ma sœur, mon enfant, mon âme, mon idole, le sol qui m'a nourrie, le soleil qui m'a fait croître, la pluie, le vent sur moi, qui m'a abreuvée, bercée, je suis faite de toi, je ne saurais distinguer ce qui m'appartient de ce que tu m'as donné, ton courage, ton amour, ton courage de m'aimer, des siamois, même séparés par des océans, jamais ne se consoleront de la perte. Cette fracture en moi, que chacun porte en soi, je tente de la colmater en l'écrivant, en la décrivant, cette déchirure, cette division du milieu du corps, qui fait que chaque côté du visage est différent de l'autre, mais qu'il est impossible de dire si le côté droit est plus moi que le côté gauche, bien qu'on puisse préférer un côté à l'autre pour la douceur, la rondeur ou l'œil taquin. Toi et moi, Pierre, sommes unis comme les deux moitiés de mon âme et comme elles séparées, divisées par une fêlure, une fracture, comme le sillon au milieu du cerveau, inévitable, autrement c'est un monstre. Tu es ma moitié préférée, mon meilleur côté.

Je suis assez excitée, bien que j'aie quelque pudeur à l'admettre, depuis que j'ai vu le film d'Agnès Varda, *Les Glaneurs et la Glaneuse,* dans lequel elle faisait l'éloge de ce nouvel outil léger apparu sur le marché, une petite caméra qu'elle comparait – ou est-ce moi qui comparais ? – à un stylo et s'extasiait sur toutes les possibilités qui s'offraient à elle sans la lourdeur d'une équipe de film à traîner. J'avais été emballée de l'œuvre qu'elle avait réussi à faire, au point, et c'est rarissime, que j'avais pris la peine de téléphoner à des proches pour les inciter à aller voir le film, le film comme objet d'art, sujet d'une réflexion, mais aussi mode d'emploi de ce nouvel outil qui offrait des possibilités qui m'enthousiasmaient autant que la cinéaste et que j'avais envie de partager avec des personnes qui seraient allumées par ce nouveau champ qui s'ouvrait. Alors voilà-t-y pas que Pierre arrive avec la petite caméra pour nous montrer des images du Palais des Beaux-Arts de Bruxelles où il participe à un projet de rénovation. Il branche un fil dans le téléviseur et voilà-t-y pas qu'on l'entend comme en plein jour, de sa vraie voix, nous montrer comme si on y était les lieux, les environs, les gens qui y déambulent et tout et tout. J'ai les yeux grands comme ceux d'un enfant devant un train électrique, enfin, j'accuse mon âge, les enfants ont-ils encore les yeux grands devant un train électrique ou devant quoi que ce soit ? Je ne sais pas, mais il fut un temps où cela existait et je suis de ce temps-là. Je ne dis rien, mais il me connaît et c'est lui qui a les yeux grands de me voir ainsi fascinée, moi que tous les boutons, pitons, machines, technologies rebutent, repoussent, qui déclare à qui veut l'entendre dès qu'on m'y pousse un peu que ce ne sont que des gadgets inutiles et le plus souvent nuisibles, tout juste bons à perdre son temps sinon son âme. Il dit que c'est la première fois qu'il me voit avoir une réaction si positive devant une machine et il est content, lui toujours en avance de quelques pas sur les autres pour tout ce qui concerne les ordinateurs, appareils photo, chaînes stéréo, voitures et autres engeances du diable dont je ne rate que rarement l'occasion de me moquer. Quelques jours plus tard, deux ou trois, pendant qu'on mange ensemble un midi, il me dit qu'il veut vendre son appareil pour un modèle plus récent et mieux approprié à l'usage qu'il compte en faire, et que le prix qu'il obtiendra dans l'échange ne sera pas très élevé et qu'il ferait bien mieux de me l'offrir, afin que j'en profite pour explorer cette nouvelle avenue. Je dis que je ne saurais pas m'en servir, les poignées de porte me donnant déjà un mal de chien me semblent le sommet de la technologie que j'arriverai jamais à maîtriser. Il insiste, c'est trois fois rien, il me montrera et j'y arriverai, c'est certain. J'ai pris ma première leçon hier et j'ai fait ma première tentative, toute seule sans témoin, il y a quelques minutes, et je suis étonnée de ce que cela provoque en moi. Ce qui m'importe, c'est qu'il s'agit d'un cadeau, d'un don, que jamais je ne me serais offert cet objet, et ce n'est pas une question d'argent, et Pierre le sait très bien, et ce que je vais en faire, j'y vois – moi qui ai depuis toujours un problème avec les images, avec le visuel qui me semble souvent superficiel, qui ne s'imprègne pas dans ma mémoire, je prétends souvent que nous sommes submergés d'images au point où cela nous empêche de penser, que pour moi une image chasse l'autre sans laisser de trace et que toute cette culture de l'œil est dangereuse, un genre d'opium de la pensée –, mais je ne sais trop pourquoi, j'y vois un moyen de sortir de moi-même, de sortir physiquement de la maison, d'aller promener ma caméra tous les jours comme un chien, ce qui me fera prendre l'air et ne pourra que m'être bénéfique, et je rapporterai une image de quelque chose qui me parle dans la ville, comme ce graffiti sur un mur près de chez moi avec ces mots, *Nous sommes des animaux,* qui traîne là depuis un moment déjà.

Jeudi 17 janvier 2002

C'est l'anniversaire de Josée*, le chiffre fatidique, c'est son tour, mais il y aura bien plus fatidique encore dans dix ans, soixante, dix ans plus tard, soixante-dix, et ainsi de suite jusqu'à ce que mort s'ensuive. Bien sûr, c'est une étape, au mieux c'est le milieu de la route, la plupart du temps un peu plus que le milieu, et quand on voit apparaître sur le bord du chemin le panneau avec ce gros chiffre obscène au sommet de la colline, on se retourne, suivant des yeux à rebours le trajet parcouru, cherchant à apercevoir le lieu d'où on a pris le départ, les différentes étapes, les haltes, les pièges dans lesquels on s'est pris la patte, les escarpements dangereux où on a eu peur, mais où on a réussi à se faufiler sans se casser la figure, et on se dit « Ce n'était que ça, mon chemin, je n'ai fait que ça, j'en ai oublié de grands bouts, j'ai perdu tout ce temps », et on aperçoit tout un réseau d'autres chemins environnants que l'on n'avait pas vus alors ou qu'on a craint d'emprunter pour toutes sortes de raisons, bonnes et mauvaises, on regarde bien pour que s'imprime dans sa mémoire une photo du trajet afin de le reconnaître comme le sien propre et de l'emporter puisqu'il faut se retourner et faire face à la route, amorcer la descente, prendre garde à ne pas répéter les mêmes erreurs, profiter des chemins parallèles où se

---

* Il s'agit de Josée di Stasio, qui a publié des livres de recettes et conçu des émissions télé.

cachent souvent les plus belles surprises, ne pas perdre pied, ne pas débouler, étirer, goûter, cette deuxième petite moitié du chemin, ne pas se presser, surtout pas, la vitesse tue, trouver l'équilibre, tout un défi quand le temps nous est compté. V, Villeneuve, oserais-je écrire sur cette famille, ma famille d'adoption ? Il serait plus simple d'esquiver, de reporter à une autre fois, à plus tard, et de passer plutôt au deuxième mot de victoire qui se présente, qui serait une victoire pour moi – n'est-ce pas toujours une victoire sur moi-même ? –, une capacité à me faire violence, à franchir un mur de peur qui me cache l'horizon, grimper même si je ne sais pas ce que je trouverai de l'autre côté, et cette victoire ce matin, ne serait-ce pas de suivre cette piste des Villeneuve* ? Une tribu magnifique où Pierre me fit débarquer à l'été suivant ma première année au conservatoire. Ils tenaient leurs quartiers à Saint-Pierre-les-Becquets pendant la période estivale. J'étais contente et intimidée de faire leur connaissance. Nous sommes arrivés en voiture et, comme j'étais terrorisée par les chiens, ma mère m'avait obligée à épouser cette peur qui était la sienne. Il faisait beau et chaud, je portais une robe courte, Pierre a garé la voiture, j'en suis descendue, en ai fait le tour pour m'avancer à ses côtés rejoindre la famille rassemblée autour de la piscine. J'entendais dans mon cœur un léger tic-tac, j'étais en alerte – était-ce la minuterie d'une bombe ou celle d'un réveille-matin ? Comment m'accueilleraient-ils ? Est-ce que j'allais leur plaire ? Et si je leur déplaisais, quel effet cela aurait-il sur Pierre, n'allait-il pas se détourner de moi ? Je n'avais pas fait trois pas que l'énorme toutou de la maison, une chienne airedale qui deviendrait mon maître ès relations canines, m'est passé à toute vitesse entre les deux jambes, mon visage s'est décomposé, je me suis agrippée à Pierre et j'ai eu instantanément toute la famille hilare autour de moi, me priant

---

* Il s'agit des acteurs Lionel Villeneuve et Hélène Loiselle, et de leurs cinq enfants : Anne, Pierre, Catherine, Isabelle et Christine.

d'excuser Gaïa, déesse de la terre sans manières, joueuse, jeune et folle, mais pas méchante pour deux sous, quoiqu'elle eût pris une grosse bouchée dans le mollet d'une petite voisine à la ville, mais je n'ai su cela que des mois plus tard. Bien entendu, quoique désolée, mortifiée, catastrophée par ce malheureux accident, toute la famille m'a bien fait comprendre que les enfants sont parfois maladroits avec les chiens et que la petite fille avait abusé de Gaïa comme si elle avait été un véritable toutou en peluche, ce à quoi elle ressemblait vraiment, à l'exception de la puissance de sa mâchoire qui avait laissé une empreinte très marquée sur le petit mollet ; en un mot, le chien n'était pas méchant, c'était la petite fille qui l'avait provoqué.

Je fus bien accueillie dans cette famille, les fêtes qu'elle donnait, Noël, les anniversaires, les conversations au petit déjeuner qui s'étiraient pendant qu'on faisait monter une dernière cafetière, les infusions de menthe le soir, cueillie dans le potager d'Hélène, qu'elle sarclait avec la ferveur d'une première de classe l'après-midi avant de venir s'allonger au soleil avec le journal d'Anaïs Nin, se baigner une ou deux fois, se retirer dans sa chambre pour une sieste de vingt minutes et se préparer pour aller jouer au théâtre à Trois-Rivières.

Plusieurs étés se confondent dans ma mémoire. L'été où j'ai connu Pierre au party de fin de ma première année au conservatoire, il était régisseur au Théâtre des Marguerites où on jouait *Vacances pour Jessica* avec Janine Sutto et Gérard Poirier. Moi, j'étais à Montréal et je travaillais à l'ONF, à dresser un répertoire de tous les prix gagnés dans différents festivals et concours par les cinéastes de l'Office. C'était Jean qui était directeur du Bureau des festivals, je l'avais connu quand il avait fait la mise en scène des *Paons* de Michel Tremblay au Centre national des Arts à Ottawa, une pièce à deux personnages qui fut jouée sans grand succès. J'y figurais parmi un chœur de nombreux jeunes gens, il me semble que nos costumes laissaient voir la moitié de nos fesses, et je revois des plumes de paon dans cette zone et sur nos têtes, nous devions nous souvenir de nos places et murmurer quelques sons inspirés du volatile aux endroits indiqués. Je crois bien que c'est tout ce qu'il attendait de nous. Il me prit en amitié et m'inventa ce petit boulot pour l'été, il voulait m'aider à tenir le coup. Pour avoir fait lui-même l'école de théâtre, Jean savait qu'il fallait gagner des sous pendant les vacances ; ces années d'études exigeaient tout notre temps et ne nous laissaient pas la possibilité de prendre un travail pendant l'année. Il était si gentil, un être rare. Parfois, il me ramenait de l'Office dans sa voiture et m'invitait à manger chez lui ; il nous servait des gin-*ginger ale*.

Pendant qu'il préparait le dîner et me racontait des choses qui m'étonnaient, sur sa mère, sur les saunas, sur sa copine noire qui vivait à New York et qui lui avait expliqué qu'elle trouvait que ce n'était pas du racisme quand on disait que les Noirs puaient, elle disait que ça venait du fait qu'ils mangeaient une nourriture différente faite de produits et d'épices qu'on ne connaissait pas et que la sueur qui en émanait sur une peau qui réagissait d'une autre façon avait une odeur à laquelle on n'était pas habitué et c'est tout, et que, pour les Noirs, c'étaient les Blancs qui puaient pour les mêmes raisons. Pierre venait me voir chaque jour de relâche et, avant que l'été fût fini, nous avions trouvé un appartement rue Dorion près de Sherbrooke, que nous allions rendre très confortable avec trois fois rien, un peu d'imagination et beaucoup de travail.

Je voudrais raconter Lionel parlant avec passion de Tchekhov et d'*Oncle Vania* qu'il avait montée à l'Égrégore quand il était jeune. C'est sa flamme qui m'a allumée à mon tour, je me revois dans mon lit à Saint-Pierre le matin, ne pouvant pas m'empêcher de finir la lecture de la pièce pendant qu'en bas le bruit des robinets et celui des conversations faisaient un fond sonore tout à fait rassurant, pendant que je pleurais à chaudes larmes de ce qui est innommable et qui nous atteint en plein cœur à l'exact endroit où les larmes prennent leur source. Comment M. Tchekhov arrivait-il à appuyer sur ce point précis alors qu'il parlait de tout et de rien, surtout de rien, et de l'ennui dont tous ses personnages sont accablés ne résultait nul ennui, et pourquoi la beauté sortait-elle comme un point noir pressé entre deux ongles de ces scènes faites d'ennui et de souffrances ? Que je me sentais russe, aimante et solidaire ! Il y avait donc des branches dans l'arbre généalogique de l'humanité qui étaient assez solides pour qu'on puisse y poser le pied et grimper.

Je me fis vite copine avec Anne qui sortait du conservatoire cet été-là. Catherine, qui avait quatorze ou quinze ans, voulait lâcher l'école pour se consacrer entièrement à la danse, et les deux petites, Isabelle et Christine, en amour avec les animaux, s'étaient mises à suivre des leçons d'équitation ; je les entends encore parler cheval et, derrière leurs voix, celle de Julien Clerc, leur idole, chanter « Ivanovitch est là ». Et Pierre qui songeait à partir pour l'école de cinéma à Paris ou à Prague. Et Hélène et Lionel qui étaient dans la quarantaine, et le frère d'Hélène, Hubert, lui aussi comédien, et la sœur de Lionel, Lucile, chanteuse d'opéra, professeur de chant dans une université américaine, et son mari Bob, pianiste, qui parlait dix-sept langues. J'étais au théâtre, je revois les rideaux en lin jaune de la salle à manger de Saint-Pierre, il y a quelque chose de Vermeer dans ces fenêtres. Cette famille qui devenait peu à peu la mienne, elle était aussi pour moi celle de Tchekhov, combien nous avions parlé de *La Mouette* qu'Anne avait jouée en spectacle de fin d'année et des *Trois Sœurs* que M. Raïevski, un grand metteur en scène russe, avait montée à Montréal et où Hélène tenait le rôle d'Olga.

Et ça parlait, ça parlait, ça faisait vraiment Tchekhov, et ça parlait bien ; rares étaient les repas où quelqu'un ne se levait pas pour aller chercher un dictionnaire et faire la lumière ou apporter une précision sur un mot. On parlait de la langue, du langage, de la parole, on jouait avec les mots, il y avait de la gaieté, de l'humour, de l'engagement social aussi. Comme je me sens démunie pour témoigner adéquatement de cela ! Hélène et Lionel n'ont jamais adhéré à un dogme politique, mais à plus de justice sociale et au développement du français, de la culture, et les groupes défendant de justes causes ont toujours pu compter sur eux. Les fêtes de Noël ! Je ne vous parle pas de Noël à Saint-Pierre, des vraies bougies dans le sapin fraîchement coupé l'après-midi du 24, des marrons sur lesquels il fallait faire une incision en croix pour les cuire et les peler. Ceux qui verront *Fanny et Alexandre*, le film de Bergman, pourront avoir une idée du parfum qui régnait dans la maison.

Il faut parler de Pierre et j'hésite, que dis-je, j'hésite, comment tend-on la poitrine au chirurgien qui la fendra pour passer ses instruments avec lesquels il ira sonder votre cœur ? Après la tournée de *Mère Courage*… et des *Maris fondus* dans les Maritimes, la Gaspésie, le nord de l'Ontario, je m'étais installée à Montréal. Le conservatoire, à ce moment-là, avait ses locaux dans la rue Sainte-Catherine près de la rue Beaudry, il y avait le vieux Théâtre National dont nous disposions d'un côté de la rue et, de l'autre côté, les deux étages au-dessus d'une boutique de vêtements pour dames. J'avais fait le tour des rues avoisinantes à pied, repéré une affiche « À louer » et signé un bail aussitôt. Je n'avais pas d'argent et ce n'était pas cher, c'était au coin de la rue, je ne perdrais pas de temps en déplacements, et puis je l'arrangerais, ce magnifique rez-de-chaussée d'un immeuble en U comme dans *En pièces détachées*, dont la chambre assez grande pour contenir le lit à une place avait une fenêtre donnant directement sur le trottoir et, comme il ferait chaud jusqu'au mois d'octobre cette année-là, j'allais entendre de mon lit pendant que je mourrais de chaleur la conversation de tous les passants la nuit et n'être séparée d'eux que par la moustiquaire et par le rideau rouge qui atténuait la lumière projetée par le lampadaire. Il y avait un séjour où trônait la chaudière devant la porte d'entrée, une cuisine et, au fond, une salle de bain où il fallait laisser la lumière allumée tout le temps, sinon c'était trop déprimant de découvrir les coquerelles s'agiter quand j'allais faire pipi au milieu de la nuit. J'avais tout repeint en blanc, installé des rideaux aux fenêtres, j'en avais fait quelque chose… disons, de convenable. Heureusement, je n'y étais pas souvent. J'avais passé là ma première année, du mois d'août au mois d'avril. Ensuite, Lorraine, Marie Jo et Louise avaient trouvé à louer un grand logement rue Saint-Hubert, près de Rachel, superbe appartement bourgeois, deux immenses salons doubles de chaque côté d'un couloir central qui donnait sur un grand séjour, avec une grande chambre, une cuisine, une salle de bain et, tout au fond, une minuscule chambre de bonne qu'elles m'offrirent d'occuper, cela les arrangeait. J'étais dans le placard à balais, j'avais peur de leurs chats dont les bols de nourriture me soulevaient le cœur, mais j'avais gagné un étage qui m'éloignait des passants sur le trottoir et des coquerelles qui visitaient mes nuits. J'avais passé cette première année en batifolant à gauche et à droite, faisant des expériences qui me laissaient le plus souvent le corps aussi vide que le cœur, je n'aimais pas ces expériences éclair, mais comment faire autrement pour trouver quelqu'un qui pourrait m'aimer et que je pourrais aimer ?

Le party de fin d'année a eu lieu dans les locaux du conservatoire le 5 juin, j'avais vingt ans, et Pierre, dix-neuf. J'avais quitté ma chambre de bonne avec l'espoir de ne pas y revenir seule pour la nuit, je séchais depuis quelques mois, la bière et la musique coulaient à flots et, si j'avais pu en même temps boire le Niagara et m'y précipiter avec les mouvements de Salomé, cela aurait donné à peu près ce que cela a donné. À la toute fin, vers trois heures du matin, on a annoncé un dernier slow, il ne restait qu'une dizaine de personnes dans la salle, et Pierre est venu danser avec moi – je ne l'avais pas vu avant –, puis nous sommes partis en taxi. Il a offert de me déposer, c'était sur son chemin, et quand le taxi s'est arrêté, j'ai pris sa main pour qu'il me suive et j'ai passé le reste de la nuit à hurler dans ma chambre de bonne pour qu'il entende bien à quel point la faim me dévorait, me dévastait. S'il voulait m'aimer, je lui donnerais mon âme. De ce jour, il ne m'a quittée que pour remplir ses obligations au théâtre de Trois-Rivières ; les jours de relâche, il les passait avec moi, il a même fait quelques allers-retours en pleine semaine pour me voir le midi et, au mois d'août, nous avons pris l'appartement de la rue Dorion pour nous y installer avant que recommencent les cours.

Je cherche la jeune fille. Autour de quels rochers, dans quelles algues s'est-elle tapie ? Tout à coup, je pense à ceux qui sont partis, qui ont eu le courage de partir à New York suivre des cours, de se mettre en danger pour en revenir mieux armés. D'où leur venait cette confiance qui toujours m'a fait défaut ? Comment expliquer que je n'aie jamais vraiment appris l'anglais, sinon par ce conflit de loyauté qui me faisait voir cela comme un abandon des miens, comme si c'était se ranger du côté du plus fort, c'était aussi s'exposer au ridicule, je ne croyais pas que je pouvais apprendre, je croyais que je devais savoir, j'aurais dû savoir de toute éternité, sans apprendre, ou alors apprendre en secret et un jour être miraculée et parler comme si de rien n'était. Mon grand regret, c'est de ne pouvoir rire en même temps que les autres quand je vais au cinéma voir un film de Woody Allen ; je dois aller rire en français et je sens bien la distorsion produite par le passage d'une langue à l'autre. Où trouver la jeune fille dans tout ça ? Dans le non, je crois, dans la résistance, il fallait apprendre l'anglais si on voulait réussir dans la vie ; mon père était un exemple en chair et en os venu échouer sur cet écueil. Moi, je dirais non, il fallait être blonde, c'était plus joli, plus doux, plus féminin, et puis « tout le plaisir est pour les blondes » ; moi, je dirais non, je serais la noire Antigone, ce chien fidèle, tenant ce rôle dont personne ne veut, mais qui doit être tenu. Guy ne s'était pas trompé en me faisant préparer une scène d'*Antigone* pour le concours d'entrée au conservatoire. La figure d'Antigone me sied bien. Oh ! je ne prétends pas à sa pureté ni à son ardeur, mais sur ma petite échelle qui n'est pas celle du mythe, dans la compréhension que j'en ai, Antigone est nécessaire, elle défie la loi, la loi qui est une limite, elle se bat pour un absolu. Créon fait son devoir, il applique la loi qui maintient la cohésion de la cité; Antigone fait son devoir, elle est loyale aux siens, sans espoir de gagner le combat, et c'est dans son obstination à faire exister l'impossible qu'elle trouve sa grandeur et maintient entrebâillée une porte qui donne un peu d'air et la garde captive. Créon aussi est prisonnier de sa fonction et doit être fidèle à son devoir, mais voilà, entre le oui et le non, entre le blanc et le noir, je me range du côté du non, du côté du noir, c'est plus fort que moi. Sur le plateau de la balance, nous ne pouvons pas tous être du même côté; où serait l'équilibre?

Y, curieuse lettre avec son pays d'origine accroché comme un « *made in* », i grec, pas romain ni égyptien, grec, et je voyais toujours la jambe de la lettre recourbée vers la gauche, festonnée de galons dorés et terminée par un gros pompon rouge. Cette image me venait de Tintin où l'on voyait les Dupont et Dupond arborant le supposé costume national grec avec minijupe craquée blanche, veste semblable à celle des corps de clairons et de majorettes garnie de passementerie dorée, collants blancs et, aux pieds, un genre de poulaines dont la longue pointe enroulée comme une crosse de fougère se terminait par un pompon rouge de la taille d'une fleur de géranium. Y, et en anglais c'est *why*, « pourquoi », n'est-ce pas étrange, une lettre qui s'appelle pourquoi ? Pourquoi le théâtre ? Pourquoi ce choix ? Déroulons ce serpentin. Des faits : une passion pour Fanfreluche, son armoire d'où déboulait une quantité invraisemblable de cartons à chapeaux dans un fouillis qui mettait la joie au cœur, et son accent si charmant et les contes merveilleux qu'elle transformait, y insinuant son propre personnage d'impertinente, de gaffeuse, de séductrice. Puis les téléthéâtres. Puis *Polyeucte* avec Jean Doyon dans la salle de l'école primaire, pas rigolo, mais grosse impression. Puis mon cousin Clément dont j'étais un peu amoureuse en secret, qui m'avait sauvé la vie en m'attrapant par la queue de cheval alors que j'allais tomber dans la cataracte tumultueuse à Saint-Étienne, il était si beau, il faisait rire tout le monde, jamais on ne s'ennuyait en sa présence, tout le monde l'aimait et il voulait faire un prêtre, et j'entends encore ma mère s'extasier au retour du séminaire de Valleyfield où elle l'avait vu jouer Feydeau, et qu'il était si bon et si drôle et parlait si bien et de le comparer avantageusement à Guy Hoffmann. Puis une autre fois rapporter à la maison une toile abstraite qu'il avait peinte de couleurs vives à l'acrylique et que ma mère se vantait d'aimer comme si sa propre audace d'apprécier une image sans queue ni tête était une prouesse qui valait bien celle de l'avoir peinte. Je vois encore un large éclat de magenta profond et brillant que je ne me lassais pas de regarder tant il excitait ma vue et suscitait une interrogation que je ne pouvais formuler ni même penser de façon consciente, qui avait à voir avec la beauté, le plaisir et l'esprit. Et je me mis à lire *Le Cid* dans les classiques Larousse mauve et blanc, et à faire tourner à l'infini un disque de guitare flamenco prêté par Clément, qui me semblait alors le sommet de la passion mise en musique. Puis le petit film sur le poème de Nelligan *L'Idiote aux cloches,* qu'on fit pour le cours de français. Puis la boîte à chansons où on reçut Claude Léveillée, Renée Claude, Tex Lecor, Pierre Létourneau et d'autres moins connus dont un Fernand je ne sais plus qui de Verdun, auteur-compositeur-interprète qui s'accompagnait au piano en chantant des choses sombres. Il était entouré d'une petite cour, dont son frère et Richard, à l'allure de Christ qui chantait aussi, mais sur qui Fernand levait un nez un peu dédaigneux du fait que celui-ci pigeait au répertoire d'autrui et n'était, pauvre de lui, qu'un interprète. Ils furent nos copains quelque temps, puis on se perdit de vue. Puis l'université, Michèle et Diane qui jouaient *Tournebire et le malin Frigo* pour les enfants à bord de *L'Escale,* puis Jean Herbiet, le Centre national des Arts, où il montait Marivaux et toutes sortes de grandes œuvres pour sa belle Nicole qui deviendrait Pol Pelletier, puis Beckett, puis Artaud, puis mon copain Jacques qui faisait de la radio et se mourait d'admiration pour le dernier disque de Ferland, *Jaune.* C'était dans ces parages que les couleurs de la vraie vie se cachaient.

Macha* la mal mariée, Macha séduite par les feux de la supériorité de Koulyguine, qui ne tarderont pas à s'éteindre pour ne laisser sous les cendres qu'un homme aimant, soumis, sans envergure, conventionnel, un être décevant tout juste bon pour le petit *mijotage*, alors que Macha, ce qu'elle veut, ce qu'il lui faut, c'est la grande ébullition, la vie à gros bouillons. Macha mécontente, Macha brusque, Macha plus désespérée que ses sœurs, sans la naïveté d'Irina, sans la résignation d'Olga. Contrairement à elles, Macha a été amoureuse, elle a un mari, mais c'est fini, ce n'est pas ça, il a changé, il est devenu un étranger, un étranger sans mystère, un homme qui l'ennuie et l'indiffère. Macha en deuil de sa propre vie, flouée, qui parle trois langues en pure perte, qui a abandonné son piano, qui rêve, perdue dans la mélancolie de ce qu'aurait pu être la vie, l'amour, ailleurs, à Moscou avec d'autres gens, une vie avec de la vie au corps, à l'âme, la vie de l'esprit, elle bat des ailes inutilement, une abeille engluée dans le miel de l'ennui, puis apparaît Verchinine, le commandant amoureux de son enfance. Comme il a vieilli ! Et la passion l'enflamme tout entière, malgré que cet amour soit impossible ou plutôt parce qu'il est impossible, cet amour se charge comme un nuage. Macha prise dans ce refrain qui l'obsède « Au bord de l'anse, un chêne vert, autour du chêne, une chaîne d'or », Macha qui cherche un sens à la vie, sans cesse heurtée par la brutalité, le manque de finesse, de douceur, d'amabilité, se demandant avec Verchinine pourquoi le Russe

---

* Il s'agit d'un des personnages de la pièce *Les Trois Sœurs* de Tchekhov.

qui a une tendance naturelle à cultiver des idées élevées reste-t-il à un niveau si médiocre dans la vie ? Pourquoi ? Pourquoi le Russe, pourquoi tout le monde, pourquoi nous-mêmes restons-nous à un niveau si médiocre dans la vie ? Pourquoi n'arrivons-nous pas à nous arracher à la médiocrité pour nous envoler plus haut, plus loin, là où on peut frôler l'ourlet de la beauté ? Pourquoi sommes-nous si amorphes, futiles, égoïstes, lâches et paresseux, et si lourds, mon Dieu, si lourds ? Et la chaîne d'or s'allonge en déceptions, un maillon pour le transfert de la brigade dans une autre ville qui éloigne Verchinine à jamais, un maillon pour André qui a renoncé à la science et à l'enseignement universitaire à Moscou, un maillon parce qu'elle n'ira jamais à Moscou, chaque jour un maillon viendra alourdir la chaîne d'un poids d'ennui qui s'ajoute au précédent, d'une ride faisant disparaître la fraîcheur de sa peau, des muscles qui s'avachissent petit à petit et épaississent la silhouette, de l'âme qui se racornit comme la peau des talons, inexorable, insupportable. Une fois Verchinine parti, une fois Touzenbach tué, c'est elle qui dit : « Il faut vivre... Il faut vivre ! » Ce devoir impératif de vivre est-il un fardeau, est-il un défi à relever, une mission à accomplir ? Juste le bon sens, il est bien bête de mourir sans avoir vécu. Mais comment ? Comment vivre ? D'être devant une feuille, la plume à la main, dit assez que je n'y arrive pas, que je ne peux pas répondre à cette question, que je cherche dans cet ersatz une trace du goût de ce que c'est que de vivre.

Mercredi 13 février 2002

Mercredi des Cendres
Mercredi après insomnie
Mercredi pas d'atelier
Mercredi mal au cœur
Mercredi mal aux os
Couverais-je la maladie du professeur ?
Est-ce l'envie de faire un gros dodo ?
Je suis dans mon bureau
Hors de ma maison
Because Mme Torchon
Je fais période libre
J'aurais aimé batifoler
Me promener faire du cinéma
Un musée ou juste traîner
Peut-être dans un café écrire
Mais c'est si court neuf heures à midi
Le temps de choisir et c'est fini
Je voudrais vraiment perdre mon temps
Absolument gratuitement
Jouir pour jouer sans autre but
Que d'y trouver plaisir et d'oublier le temps
Et cette nausée qui tient mon estomac
Je devrai me trouver pauvre esseulée abandonnée
Un devoir pour la semaine
Me rappeler que j'ai vu clair

Dans le jeu de ma mère
Je l'appelle hier elle est contente
Mais en profite tout de même pour glisser
Qu'il y avait longtemps que je n'avais pas appelé
Depuis le 1er janvier c'est vrai pas souvent
Mais quelques fois et elle n'était pas là
Et ma façon de me défendre est de feindre
Qu'elle ne saurait m'atteindre
Me reprochant ma négligence
J'accepte le coup de bâton pour une faute
Que je n'ai pas commise
Mais que mon cœur me porterait à commettre
Parce que je trouve misérable
D'user du bâton
Parce que je pense d'elle
Des choses qu'une fille ne devrait pas penser
De sa mère
Sous les coups de bâton
Mon dos se courbe
Pour dissimuler
Qu'en mon sein ce que je porte
C'est l'ingratitude
Et ma reconnaissance se déguise en obéissance
Alors que ces reproches sont sa manière à elle
Peut-être de dire un peu d'affection
Les mères et les filles sont des coquetels
Difficiles à doser
Souvent amers leurs poisons pénètrent les chairs
Qui ne peuvent les supporter ni s'en passer

Les étés se succèdent, ce sont les points de repère de ma vie qui a commencé le jour même de l'été. L'été de mes dix-sept ans, quand j'ai quitté pour toujours la maison de mes parents pour aller à l'université, l'été suivant où j'ai fait la femme de chambre dans un hôtel d'Ottawa et le remplissage des plateaux-repas sur le tapis roulant de l'hôpital des vétérans. L'été d'après, c'était la tournée de *Mère Courage*... et des *Maris fondus*, Gaspésie, Côte-Nord, Ontario francophone, nous étions même allés jouer à la Manic, je n'oublierai pas cette sensation en descendant de l'autobus scolaire dans lequel nous voyagions, nous nous étions dispersés comme un collier de perles qui se rompt, allant respirer chacun pour soi dans le jour naissant cet air craquant de commencement du monde. L'été suivant, j'avais rencontré Pierre. L'autre après, nous avions joué, presque toute la classe, *Du vent dans les branches de sassafras* au Théâtre National. L'autre été, nous étions allés au Festival d'Avignon, Pierre et moi, et presque toute la classe. L'été d'ensuite, c'était l'ouverture du théâtre à Saint-Michel, l'été d'après *Les Maxibules*. Après, on ajouta un cabaret sur une terrasse où les spectateurs pouvaient prendre un verre en écoutant un spectacle de chansons. Il y a eu l'été de la création de la pièce de Pierre Goulet où nous jouions tous, Lionel, Hélène, Anne et moi, Jean-Marie, Nadine, Marc Messier, Normand Chouinard, c'était l'été où nous lisions tous *La Storia* d'Elsa Morante, c'était Pierre qui faisait la mise en scène, il y avait aussi Roger Lebel, si charmant camarade, qui arrivait au théâtre avec une frite qu'il mangeait en cachette de sa femme et que je faisais rire en l'appelant affectueusement Roger-la-patate. Puis l'été du *Dernier Dom Juan*, où Hélène jouait les trois personnages féminins, montée par Pierre ; il fallait voir la prouesse d'actrice. Puis l'été de la pièce d'Alan Ayckbourn, c'étaient quatre courtes pièces. Dans la première qu'Hélène avait montée, nous jouions toutes les deux, elle faisait une mère débordée, des jouets d'enfants dans un séjour encombraient l'espace dans un fouillis sans nom, elle tentait d'y mettre de l'ordre, mais n'arrivait qu'à recréer le chaos. Je jouais la jeune voisine lui rendant visite je ne sais plus trop dans quel but, oui, sous le prétexte d'emprunter une tasse de sucre ; je voulais en savoir plus long sur cette femme au désordre si grand qu'il était apparent de l'extérieur, dans son jardin, à la façon dont ses enfants et son mari étaient vêtus et elle jamais, on ne la voyait jamais qu'en robe de chambre, trop débordée pour avoir même le temps de s'habiller. Et cette conversation sociale ayant toutes les apparences de la normalité glissait imperceptiblement dans un autre univers, le personnage d'Hélène me parlait comme on parle à une enfant de quatre ans, pas pour faire la comique ni pour se débarrasser de mon personnage, mais parce qu'elle était devenue « la mère » et que tout autre mode d'expression lui était désormais étranger, et elle finissait par m'emporter dans sa folie, je devenais une petite fille qui racontait un gros chagrin et qu'elle consolait avec un verre de lait et un ti-biki. C'est probablement la fois où je me suis sentie le mieux sur une scène, j'oubliais tout à fait qui j'étais pour n'être que ce personnage de grande petite fille ; Hélène avait une telle maîtrise, je la suivais avec confiance et j'en éprouvais un grand plaisir, un peu comme la satisfaction que donne un long échange au tennis. Quelque chose de réel se passait d'elle à moi, de moi à elle, de nous au public et du public à nous. C'est probablement la fois où j'ai cessé de m'adresser des reproches et éprouvé l'impression d'être à la bonne place et de faire la bonne chose. L'autre fois, c'était en deuxième année au conservatoire, quand j'avais joué *Bien à moi, Marquise* de Marie Savard. Aller si loin en soi jusqu'à se perdre et à devenir tous les autres, une vraie grâce du ciel.

Bon, juste une petite heure, tenir une heure, c'est possible, n'importe qui le peut, c'est si vite passé, une heure, le temps de parler du trouble profond où m'a jetée le livre d'André Major dont j'ai lu une centaine de pages hier, qui m'a donné un rire sonore, jouissif, dont l'évocation me fait encore sourire et me remplit de pure joie. Avec des mots tout simples, il racontait la difficulté qu'il avait eue à trouver le sommeil dans la solitude qu'il avait cherchée en pleine nature. Et plusieurs fois au milieu de mes larmes, des râles de douleur sont sortis de ma gorge pendant que je berçais le livre ouvert sur ma poitrine comme s'il s'était agi d'un enfant mort. Tandis que je lisais ses lignes, l'image qui me venait était celle d'un miroir devant lequel je me présenterais pour y trouver sur mes épaules sa tête à lui. Et j'ai pensé à *The Ugly Duckling*, avec une fin différente où le petit canard deviendrait un joli canard comme ses frères. Sans me comparer d'aucune façon à M. Major, dont la culture, la maîtrise de la langue et la capacité à penser (à porter un jugement, à décrire en détail une émotion, une sensation) sont, et de loin, un cheval, une alouette, bien supérieures à mes capacités ; le fond, les préoccupations, les sujets de désolation me sont apparus être les mêmes que les miens. Je lisais avidement, me découvrant un jumeau, ses mots me faisaient mal et me faisaient du bien tout à la fois, je lui étais reconnaissante de les avoir écrits et publiés, je trouvais cela important, peut-être est-ce la chose la plus importante dans la vie, avoir un peu accès à ce qui se passe au plus secret de nous-même et le partager avec des inconnus de la même espèce que nous, qui s'y reconnaîtront en y trouvant la consolation d'appartenir à une même tribu dans la diaspora. Ce thème de pourquoi écrire plutôt que de se taire, cette aspiration à se taire, et ce dire qui malgré tout insiste si fort, ne serait-ce pas une variante de pourquoi quelque chose plutôt que rien ne m'est si proche, si parent? C'est un peu comme si j'apercevais une partie de ma silhouette dans le coin d'une vieille photo de famille, une famille illustre à laquelle j'ai toujours souhaité appartenir tout en croyant en être indigne et à mille lieues, tout en me disant que mon seul mérite était la clairvoyance de n'avoir pas cette prétention insensée de grenouille qui voulait faire partie du troupeau de bœufs et que je me voyais forcée de reconnaître que, oui, j'appartenais bien à cette famille; bien sûr, je n'ai rien de comparable aux plus beaux spécimens, mais dans les tout petits, les mal finis, les fins de race, il y a quelque chose, une couleur, un regard, une attention qui font de moi une arrière-arrière – et mettez-en plusieurs – petite-fille ou petite-cousine de la ixième génération, édulcorée, faussée, dénaturée, ayant perdu presque toutes ces propriétés, mais qui n'en reste pas moins de la famille, même si c'est de la fesse gauche. Et cela est une révélation douloureuse, comme de chercher un cadavre pendant des années pour lui rendre les derniers devoirs, d'avoir perdu tout espoir de retrouver ce corps, mais de continuer quand même pour être quitte avec soi-même, pour n'être pas une abandonneuse, une infidèle, pour garder au moins cette dignité-là et un jour retrouver cet être… vivant. *Vivant.* C'est gagner et perdre tout à la fois, retrouver, changé certes, mais retrouver ce qu'on croyait perdu à tout jamais et craindre du même coup qu'il ne nous soit ravi encore une fois, et cette fois définitivement; nous ne pourrions y survivre.

Que disait-il, M. Major, hier soir ? Que le bonheur, il fallait bien arriver à accepter cela, était une affaire d'abandon ou de hasard. Le hasard, on n'y peut rien, mais l'abandon ? Peut-on apprendre à s'abandonner ? Il me semble que oui, apprendre la confiance, se méfier du danger, mais savoir que le pire ne nous attend pas nécessairement au tournant pour se jeter sur nous, nous battre et nous laisser vaincu, cloué au sol, honteux, cela peut arriver, mais pas obligatoirement. Il y a un risque à prendre, mais qui n'est pas une folie, celui de se dépouiller de ces pelures qui font écran entre la vie et nous, d'abandonner sa peau à la caresse et à la blessure, la protection est toujours un *racket*, vous revêtez une armure pour être à l'abri et vous êtes en prison, dans la prison de votre peur. S'abandonner à l'écriture sans se mettre à la place de ses détracteurs, entrer dans son étang au moyen de cet outil subaquatique pour tenter de voir quelles végétations, quels rochers, quelle faune l'habitent. Peu importe s'il ne s'y cache rien d'unique, d'original, de jamais vu, au contraire, peut-être est-ce mieux ainsi, peut-être que ce qu'il importe de nommer, c'est ce qui appartient à tous, que ce qu'il faut saisir, c'est que dans la goutte d'eau il y a déjà la mer.

Lundi 15 mars 2004

Pour Robert Lalonde de Colette

Pour ces quelques jours passés avec toi dans les pages où j'ai brûlé aussi, j'aurais aimé te croiser et poser un baiser sur ta main. Son empreinte chaude aurait dit mieux que mes mots merci, la peau du dos de ta main, celle qui tient la plume, aurait reçu la reconnaissance exprimée par ce sourire venu te toucher et, sans qu'il soit nécessaire de parler, tu aurais su que je t'ai suivi dans les chemins de *Iotékha'*.

Je te fais cette lettre que tu ne liras pas, car je ne te l'enverrai pas. On ne pose pas ainsi sa bouche sur la main d'un homme, fût-ce par écrit, il faut être le vent, le soleil ou un chien pour qu'en toute simplicité ce geste soit osé, quand on est un humain, il faut compliquer, se restreindre, se contraindre, s'expliquer, dire merci, dire bravo pour le rideau levé sur l'unique, sur l'intime qui fait surgir en nous notre unique, notre intime, dire merci surtout pour l'aveu des difficultés du chemin, l'étroitesse du sentier qui se cache dans les foins, semé de roches pour nous faire trébucher, de ronces pour nous griffer les jambes, de poussière pour nous assoiffer, et qu'il faut suivre sans renoncer. Ce ne sont pas les autoroutes qui mènent à la découverte, mais la piste tortueuse presque effacée qui conduira à ce qu'on ne sait pas. À quoi bon aller à ce qu'on sait ? Pour avoir dit le trop et le trop peu de la flamme, ses grandes attisées et la braise presque éteinte sous la cendre certains matins gris et humides, pour avoir dit le souffle court, couché par terre, à l'écoute d'un cœur qui bat trop fort, trop vite, prêt à emporter son cavalier comme un cheval au galop dans un brouillard à couper au couteau, pour avoir dit cela qui m'incite à poursuivre ma voie, mon petit chemin qui semble ne vouloir mener nulle part, mais dont j'ai la certitude que c'est le mien, une foi qui doute toujours, mais celle qui ne doute pas, comment la distingue-t-on de la crédulité, pour avoir avec *Iotékha'* été une oasis sur ma route aride, j'aurais voulu te dire merci, te dire que ce que j'y ai puisé m'aide à continuer d'avancer dans le sable où je ne vois plus mes traces en me retournant et je ne vois devant que le vent, qui parfois m'enchante. Me voilà prise au piège avec cette lettre qui maintenant qu'elle est faite t'appartient autant qu'à moi, ne pas te l'envoyer me semble mesquin à ton égard autant qu'au mien, et céder à l'envie de te l'adresser me paralyse de timidité, peur du ridicule et crainte de l'intrusion dans une vie déjà suffisamment remplie de bestioles à manger le temps. Si je mourais et que ces lignes étaient lues par un de mes proches, je souhaiterais qu'il te les fasse parvenir. Cela t'épargnerait d'avoir à rédiger une réponse, et à moi le malaise de m'être dévoilée, sans compter que les mots des morts acquièrent sur la balance leur poids de vérité.

Formidable, demandez vous recevrez, orthographe, Internet, kir royal au pluriel ? Kirs royals ou kirs royaux ?... Royaux. Voilà. Une réponse, c'est satisfaisant, une réponse, c'est apaisant, une chose claire, royaux. J'ai téléphoné à ma mère hier pour m'épargner une visite et soulager ma conscience à rabais, j'en ai eu pour cinquante minutes, elle parle, j'écoute. Je réplique juste ce qu'il faut pour la maintenir sur sa lancée ; sa vie me paraît bien ennuyeuse, mais elle semble plus heureuse que jamais, et philosophe avec ça. Elle racontait le plaisir qu'elle a à faire des puzzles très difficiles ou des mots croisés tordus, elle dit : « J'aime avoir de la misère, il faut croire. » Je l'encourage, c'est ce qu'elle souhaite, en plus, c'est ce que je crois, le plaisir, la satisfaction sont proportionnels à l'effort, au travail investi pour les obtenir la plupart du temps. Quand c'est trop facile, l'intérêt n'est pas grand, et encore moins durable. Elle a dit : « Il n'y a pas de honte à ressembler à sa mère, du moins, je ne pense pas. » J'ai dit : « Bien non. » Je suis encore réticente, mais j'ai fait de grands progrès à ce sujet, je dois l'admettre même si ça force un peu aux entournures. Je n'ai pas envie de m'étendre là-dessus, mais je vais le faire exactement pour cette raison. Masochisme ou lucidité ? On verra bien. Lui ressembler, ce serait être comme elle dans tout, pour tout, absolument pareille, avoir toutes ses qualités, ses habiletés, avoir tous ses travers, tous ses défauts, ce serait être elle, n'être qu'elle et rien d'autre. Lui céder toute la place en moi pour qu'elle se clone et s'éternise dans mon corps, que son âme prenne possession de mon corps, le squattant à tout jamais. Et mon âme serait sans logis, appelée à mourir dans l'errance dépossédée de son lieu, sans abri. Pour me protéger de cette mainmise, j'ai tenté de me faire croire que je n'avais rien en commun avec elle, que tout ce qui venait d'elle était mauvais, arme à deux tranchants, cheval de Troie, et que ce que j'avais de ressemblance avec elle avait collé à moi comme des sangsues à force de dressage, comme on dit pour les maladies, d'exposition à un milieu vicié, comme se développent des champignons dans l'humidité. Et je lui en voulais de n'avoir pas su me donner de meilleurs exemples, faire en sorte de ne pas me transmettre ses tares. Et la vie m'a labourée et je me suis labourée pour finir par assimiler cet engrais déposé par ma mère, par comprendre que trop, comme pas assez, fait du tort. Je commence à sortir de cette dualité, de cette impasse : tout d'elle, rien qu'elle ou rien d'elle. J'aurai pratiqué la politique de la terre brûlée, et voilà que ça repousse et que je suis bien forcée d'admettre que les cendres ont contribué à la végétation nouvelle. Que je ne suis pas condamnée à être elle ou à la haïr, à la détruire, qu'une cohabitation est possible, que je peux l'héberger à l'intérieur de moi, lui céder le petit appartement du sous-sol où elle vit sa vie, nous rendant visite mutuellement sans intrusion ni incrustation l'une chez l'autre, vivant en bonne intelligence, avec compassion. Ce n'est pas fait, rien n'est gagné, mais c'est en voie de se faire, le soupçon cède peu à peu à la confiance, sinon à une douce indifférence. Est-ce que je ne mens pas un peu en parlant d'indifférence alors que je voudrais dire peut-être « une saine distance », mais les nuances dans ce tableau en rouge et noir ne sont pas dans ma palette, j'ai bien du mal à atténuer les contrastes.

Il a bien fallu que j'invoque une raison pour ne pas aller la voir, pas qu'elle le demandait, c'est moi qui tentais de me dédouaner, de trouver une excuse, de dire la vérité en l'arrangeant pour qu'elle s'avale mieux pour ma mère, mais surtout pour moi-même. Alors j'ai dit que je savais qu'elle allait manger chez ma sœur le midi, que j'avais pensé y aller le soir, mais que je n'avais pas envie de conduire, surtout au retour, que ce serait son anniversaire bientôt et qu'on se verrait à ce moment-là. Elle a dit que ma sœur l'avait prévenue de son passage à Québec ce jour-là. Avec un peu de culpabilité, réelle et feinte à la fois, je crois, elle avait rassuré ma sœur en disant que ce n'était pas grave, qu'elle avait eu plusieurs anniversaires, puis elle enchaîna en disant que celui-ci serait le dernier avant d'arriver au huit, le terrible huit. Elle s'estime chanceuse à soixante-dix-neuf ans d'avoir le cœur en bon état, la pression sanguine normale, aucune trace de diabète, si sa colonne vertébrale était bonne, ce serait parfait, « mais, dit-elle, quand ça me fait souffrir, je sais ce qu'il faut faire, je le fais, et cela s'arrange et de plus en plus, je sais comment éviter que cela se produise. Depuis huit ans que j'habite la résidence Saint-Louis, mes voisines disent que je n'ai pas changé ». C'est vrai, physiquement, ma mère n'a pas vieilli et ne m'a jamais semblé plus heureuse, équilibrée, libre. Elle nous donne un bel exemple de bien vieillir. Faire ce qui nous plaît et accepter la réalité comme elle se présente. Oh ! je ne voudrais pas de sa vie, mais je voudrais bien son attitude, et peut-être que j'ai le germe en moi. Puis, pour étoffer mon excuse et pour me vanter un peu, peut-être, j'ai dit que le temps passait si vite et que j'essayais d'écrire un peu plus la fin de semaine parce que les matinées pendant la semaine étaient si courtes. Elle approuvait, renchérissait, me racontait ses journées, ajoutant qu'elle n'arrivait pas à se mettre au lit avant une heure et demie. Puis elle avait demandé : « Est-ce que tu écris quelque chose ou n'importe quoi ? » « Oh ! n'importe quoi, mais j'espère que ça finira par être quelque chose. » Et elle a dit : « Ce qui est important, c'est le plaisir que tu y prends. » Elle, ma mère, elle a dit cela, elle m'a dit cela. « Et plus tard, tu vas réussir, j'en suis certaine, comme dans tout ce que tu entreprends. » J'étais si soufflée que j'ai gardé pour moi mon : « Oh non ! maman ! Je ne réussis pas tout, loin de là, c'est même plutôt le contraire ! » Dans mon silence, j'ai tenté de savourer comme un bonbon ce cadeau qu'elle me faisait d'avoir, de me faire savoir qu'elle avait une telle image de moi, qu'elle me croyait capable de réussir quelque chose de difficile. C'est une image, bien sûr, ce n'est pas moi, mais cela m'émeut quand même, me chamboule un peu. Elle a changé pour pouvoir faire ça, ou c'est moi, ou ce sont les deux. Elle m'a remerciée d'avoir téléphoné, allons donc ! Elle a dit que c'était gentil. En raccrochant, je me suis avoué que tout le bénéfice, bien qu'il m'en eût coûté, avait été pour moi, ingrate fieffée : « Tu vas réussir, j'en suis certaine ! » Ce n'est pas que j'y crois, mais quel baume que les gestes de l'amour, seuls signes qui viennent se poser comme une aura sur un sentiment inconnaissable, sans lesquels il y a tout lieu de croire que celui-ci n'existe pas. « J'ai confiance en toi, je te crois » ne sont-ils pas les mots mêmes de l'amour qu'elle dit à la fin de ses soixante-dix-huit ans, à celle de mes cinquante ans et qui me laissent émue, moi qui ne les ai jamais entendus parce qu'elle les dit pour la première fois ? Peut-être les a-t-elle pensés avant, je veux bien lui donner ce crédit, mais pas dits, pas exprimés à haute voix avec le langage. Bien sûr, *words, words, words,* ce ne sont que des paroles, du vent, mais le vent a un effet, ça décoiffe, ça rafraîchit.

Rien samedi, courses toute la journée, rien dimanche, maman Beauharnois le midi, Luc et Luci Alessandro* le soir, rien lundi, couchée et levée un peu tard, anniversaire de Luc, selon son vœu rien de spécial, avons dîné au Paris. Ce matin, je dispose d'une heure avant d'aller aux funérailles de la mère de Claude Masson**. En attendant, trouver la concentration, trouver le *focus*, et ce n'est pas une chose qu'il faut traquer, qu'il faut mettre au centre de la mire, puis viser en plein dans le mille, c'est quelque chose qu'il faut laisser venir, les conditions favorables, et attendre. C'est ce qu'on dit des chats, il me semble – je n'y entends rien et ils me font peur –, qu'il faut les laisser venir, eux décident où, quand, comment cela se passera. Sans vouloir forcer, juste pour ne pas l'oublier. La mémoire se désagrège comme un château de sable. Hier, alors que je pensais à Tchekhov, *Oncle Vania*, que j'entendais parler d'*Antigone* de Sophocle, m'est venue l'idée que l'art n'atteint jamais son but que lorsqu'il arrive à saisir le plus secret de la vie, des moments, des instants, où dans l'intimité de chacun se produit un courant électrique parce que le point juste a été touché par l'instrument (le tester), les étincelles jaillissent, font la preuve que le courant passe, et que la vie, morne le plus souvent, n'est jamais si vivante que lorsqu'elle ressemble à l'art. Je ne sais comment travailler cette

---

* Luci d'Alessandro, une amie de Luc Laporte qui était devenue une très grande amie de Colette.

** M. Masson, célèbre barman de L'Express, que tous les habitués connaissaient.

pensée, la faire avancer, un vertige me prend comme au bord d'un précipice, je reconnais l'aura d'une vérité dans ce paradoxe à l'émotion qu'il provoque en moi, l'émoi d'une huître tremblante qui n'a qu'une hâte, celle de refermer sa coquille, mais qui ne peut nier la jouissance d'être nue et offerte à l'immensité de la mer, à ses bienfaits, à ses dangers. Le baiser de l'art, seul capable d'insuffler la vie au vivant, et la matière même d'où surgirait ce souffle serait celle de la vie, un *gap,* si j'ai bien compris la leçon d'anglais, un espace, un vide entre deux choses, comme l'absence qui devient une présence, la présence de l'absence toujours présente, le rien qui insiste si fort qu'on ne peut nier qu'il soit quelque chose. Je ne sais pas pétrir ces matières, les faire lever, mais je sais qu'elles sont là, que d'autres mieux armés y parviendraient, que d'autres l'ont déjà fait beaucoup mieux et plus loin, le saut de l'ange. Comment ne pas éprouver de pitié devant cette tentative de sauter deux marches à la fois sans y parvenir ?

Ce matin, pluie et chaud. Écouter à l'intérieur de moi l'écho des bruits confus, parasites, tenter de les nommer. Fastidieux, sans intérêt probablement, mais rien d'autre n'est possible, passage obligé. Hélène qui cherche des chaussures en vain pour vendredi s'en va avec Catherine du côté des souliers de tango. Vu Robert Lalonde hier, lisant une lettre ou se relisant, lunettes rondes sur le nez en plein soleil à la terrasse de la Brûlerie, il ne m'a pas vue, je ne l'ai pas salué, je lui ai fait cadeau de ne pas l'interrompre, de le laisser dans son intimité. En passant, j'ai eu le temps d'apercevoir sur sa table le dernier livre de Paul Auster… *illusions.* Au retour, pendant que j'attendais que le feu change à l'angle de la rue Duluth, j'ai pensé que je pourrais le croiser encore et je me suis vue lui dire une phrase qui s'est formée toute seule sans mon intervention – « à force de se rencontrer, on va finir par se parler » –, et je me suis mise à imaginer une fois où il serait assis devant un café à cette même terrasse, où je le saluerais, où je demanderais si je peux m'asseoir, où je ne sais comment j'y arriverais, mais je trouverais quelques mots sur le temps, sur ce qu'il fait, peut-être qu'il m'aiderait et, abruptement, gauchement, je me mettrais toute nue, je viderais mon sac, je lui avouerais que je voulais depuis longtemps cette conversation avec lui pour lui avouer que j'écris, si j'ose dire, que j'essaie d'écrire, mais c'est très curieux, je sais que je veux lui poser une question, mais elle ne se formule pas, ni dans le fantasme de la rencontre, ni maintenant à cet instant devant ma feuille, comme ceux qui partent pour l'Annapurna ou le désert, la Terre de Feu, Compostelle ou l'Atlantique en solitaires, ceux qui sentent un appel pressant, une urgence irrésistible, mais qui ne savent pas ce qu'ils attendent de leur quête – dis-moi ce que je veux te demander. N'y aurait-il pas des effluves de reconnaissance qui flottent autour de cette question ? Je me montre à toi pour que tu me dises que, oui, j'existe. Des lambeaux d'adolescence qui ne se détacheront jamais de moi, des rêves de midinette, en tout cas une récurrence à être reconnue comme personnage par un auteur, à entrer dans sa vie plutôt que dans son œuvre. Malgré que je sache que la vie n'est rien comparée à l'œuvre, comme j'aurais voulu me rapprocher de tous ces auteurs que j'ai aimés, que j'aime, Réjean Ducharme d'abord et avant tout, France Vézina pour *Osther, le chat criblé d'étoiles*, Jacques Godbout, mais je déchante. Et Robert, est-ce la même chose pour Robert, ne suis-je pas prise dans les filets de l'autofiction ? Est-ce d'avoir écrit ce petit texte qui m'est venu il y a quelques mois ? Suis-je incapable de faire le deuil d'une rencontre avortée ? Ce besoin que j'ai de me trouver dans les parages de gens qui me sont supérieurs, qui m'attirent. Comme l'éphémère attiré par la lumière, qui va s'y coller et en mourir, et qui réclamerait par son geste que la lumière confesse elle aussi son attrait pour l'éphémère, un aveu de réciprocité. N'est-ce pas le motif qui a prévalu tout au long de ma vie avec tous mes amis, avec Pierre, avec Luc, avec Mme Saint-Jean, m'approcher de la lumière pour obtenir d'elle un aveu ? Être la suivante de l'héroïne, l'éminence grise du puissant, le Sancho de *Don Quichotte* qui aurait quelques fois la générosité de prendre ma place et de me laisser la sienne, c'est pour lui que je veux être Don Quichotte, c'est son regard à lui qui m'importe. Le miroir, je suis derrière le miroir, je le tiens de mes deux mains à hauteur d'épaules devant ma figure sans traits, Don Quichotte y voit son reflet, je peux le tenir ainsi presque tout le temps, je souhaite que quelques fois il m'offre d'aller derrière le miroir, de le tenir pour moi, que je passe devant et que je puisse voir le reflet de Don Quichotte sur la surface de la glace alors que c'est moi qui me trouve devant. Oublier un instant que je n'ai pas de visage, tenir un moment la preuve que j'ai moi aussi la figure choisie, la figure aimée. Et si une caméra vidéo suivait la scène, je serais forcée de voir Don Quichotte derrière le miroir, Don Quichotte dans le miroir, et qui devant ? Moi sans visage. Une tête sans traits, sans yeux ni sourcils, sans nez, sans lèvres. Une tête faite pour être derrière le miroir ou la caméra, qui ne cherche que la vérité, mais qui ne peut la supporter, qui ne cherche que l'illusion, le mensonge, mais qui ne peut s'empêcher de le débusquer, incapable d'y croire.

Mardi 4 juin 2002

Demain, ça fera trente ans, trantan, que nous sommes ensemble, que nous nous sommes rencontrés, que nous avons tout partagé. Tout ? Tout ce qui est partageable ; bien sûr, de vastes zones restent encore inconnues. Nous sommes des planètes comme la Terre, dont nous connaissons les régions habitées, les grandes villes, les petits villages, quelques collines dans la campagne, un bord de rivière, quelques marais, mais des solitudes de glace des pôles, des déserts, des fonds marins, des hauteurs des montagnes, du fond des volcans, des petites îles perdues, nous ne savons pas grand-chose, sinon qu'ils existent. Nous nous y aventurons, nous nous perdons parfois sur notre propre planète, terrifiés par ce froid, par ce feu, par cette dureté d'où toute vie semble absente. Si nous tolérons notre peur, si nous acceptons de nous arrêter un moment et d'observer, nous apercevons sous la glace, dans le sable, des choses vivantes qui grouillent, qui travaillent pour se faire une maison, pour se nourrir, pour se reproduire, pour assurer leur survie. Le milieu est si inhospitalier qu'il est presque impossible de comprendre ce phénomène absurde. Pourquoi ces choses ne se laissent-elles pas mourir au lieu de se débattre sans fin dans une lutte perdue d'avance ? Peut-être sont-elles comme les fourmis charpentières capables de venir à bout de la plus solide maison du fait de leur nombre, de leur ténacité. C'est en explorant nos régions désolées, territoires de tous les excès, contraires à la quiétude, à la douceur, à l'harmonie, à la sécurité, que nous pouvons savoir que l'autre abrite aussi sur sa planète de pareils sols ingrats et remplis de splendeurs, des espaces inhabités à première vue, mais où la vie fourmille de créatures inconnues. Après trente ans, trente ans, trantan, toi qui es ma vie même, qu'est-ce que je connais de ton Antarctique, de ton Sahara, de tes îles perdues? Bien peu, si peu. Mais il nous reste du temps, bien peu, si peu, ne tarde pas, emmène-moi sur ta *terra incognita,* la Terre de Feu, les neiges éternelles, ne me laisse pas avec le passeport d'une étrangère.

Quand je me suis assise, j'avais l'intention de retracer quelques souvenirs de moments à nous, les pannes de Fiat, la fois où tu étais arrivé en retard au Théâtre des Marguerites, mes sandales *blu* et *cielo* sur l'oreiller, les photos que tu ne prenais jamais assez vite et où je me trouvais toujours moche – tu avais raison, je n'étais pas si moche, je ne pouvais pas le voir alors, il a fallu du temps, trop de temps –, l'installation rue Dorion, le grand carreau rouge incrusté dans le comptoir de bois, les centaines de bouteilles de *ginger ale,* la table de la salle à manger en carreaux caramel, l'aquarium, le poisson suicidé, le boulevard Gouin, le rat dans la cave et ma crise de panique au téléphone alors que tu étais au diable vert en tournée, l'Italie, Punta Ala, Venise, les petites fleurs bleu-mauve, la Madonna, les chapeaux que tu m'as offerts – le *pillbox* rouge et le petit pâtissier rayé bleu et blanc –, les pommes de terre au beurre au lit ou les spaghettis, L'Express, Milan, le référendum, L'Étoile, les longs trajets en voiture avec les chansons de Réjean Ducharme, la bibliothèque du boulevard Gouin qui faisait disparaître l'escalier, mes évasions nocturnes et somnambules où tu me rattrapais sans me disputer ni m'en vouloir d'avoir trop bu, la bibliothèque de la rue Saint-Denis, patinée, cirée, le voyage à la Martinique, tes bras, mon refuge où j'aurais tant voulu disparaître, ton agacement et ton refus d'entendre que je ne voulais rien, parce que tout, ce n'était pas assez, je croyais que rien ce serait plus, et les fleurs, le miroir et les framboises et quand tu disais que mon souffle avait leur parfum et quand je mettais fin à une discussion en disant que tu avais raison, la rage que tu éprouvais devant mon refus d'argumenter, tu voulais gagner un combat loyal, je voulais gagner sans combat, je voulais que tu épouses mon point de vue par amour, j'aurais voulu qu'il n'y ait aucune différence, aucun différend entre nous, j'avais tort, j'aurais voulu être toi, que tu sois moi et, Dieu merci, que ce ne soit pas ainsi, j'aime tant que tu sois toi et je te donnerai toujours raison, à tort ou à raison, même quand je dis le contraire. Pourquoi est-ce que, à cet instant, je pense « Isabelle a froid » ?

Hier soir, un moment de pur bonheur, des yeux neufs dans la rue Prince-Arthur en sortant du cinéma après *Va savoir* de Rivette, un délice, avec théâtre, coulisses, loges, hôtels, cafés, bars, toits de Paris, langue italienne, un peu Marivaux, une fin à la Molière. Étaient-ce les hormones en granules homéopathiques qui faisaient leur effet ? J'ai vu la beauté dans la rue calme, humé l'odeur enivrante des acacias en fleurs ; après consultation de Marie-Victorin, mon doute était juste, il s'agit plutôt de robiniers faux-acacias. Si je n'étais pas aussi paresseuse, c'eût été un beau projet pour moi, ajouter à la *Flore laurentienne* une description des parfums ; sourires dans l'air qui donnent du bonheur et ne demandent rien en retour. J'ai vu une adolescente petite et filiforme, le corps bien droit, la tête haute, avancer élégamment à bonne vitesse, propulsée par les seuls coups légers de ses cuisses qui lui donnaient l'élan voulu pour rouler dans ses patins. J'ai croisé un beau jeune homme blond, une fille à chaque bras, se promenant doucement et devisant en toute amitié, des couples jeunes, des couples vieux, la fontaine avait retrouvé son jet, un seul mendiant pas agressif et, avant même de voir l'homme à vélo avec son baladeur sur les oreilles, je pensais que nous étions une espèce en mutation où cohabitaient en bonne intelligence des êtres nouveaux munis de roulettes qui aimaient se déplacer vite, sentir la friction de l'air sur leur peau nue, les oreilles vissées à leurs écouteurs d'où s'écoulait Dieu sait quelle musique, et des modèles plus anciens, comme cette femme en talons hauts, jupe longue fendue à l'arrière au-dessus de l'articulation de la jambe qui déambulait au bras de son compagnon en penchant la tête sur son épaule où se répandaient ses cheveux blonds qui dégageaient sûrement une odeur sucrée. Trois jeunes filles, une longue queue de cheval et une courte frange noire, qui parlaient vite et riaient, deux jeunes garçons toisaient leur planche à roulettes avec le regard de conducteurs en rase campagne, bouche bée devant une panne sèche, des passants parlant dans leur téléphone portable, d'autres aux téléphones publics, des dîneurs à la lueur des bougies assis aux terrasses conversaient paisiblement, un pur moment de grâce dans cette rue souvent moche et criarde, sillonnée par des hordes de veaux, le bonheur d'être parmi eux, les pensées comme des étoiles qui s'allumaient dans ma tête, nous étions une forêt, chacun son feuillage, son écorce, bois dur, bois mou, lierres parasites, champignons, besoin de soleil, d'air et d'eau et hier, c'était bon. Rivette, soixante-treize ans, l'audace des demi-teintes dans l'excès, l'humour, la fraîcheur d'une laitue de jardin au vert piquant, à la feuille fine et frisée, au cœur rempli de bonne terre noire. Donnez-moi – oh ! mon Dieu ! – la fraîcheur.

Jeudi 20 juin 2002

Caro mio,

Il n'y a que toi pour composer un colis cadeau pareil, un cabas, une chemise, un livre – *Le carnet posthume* dans un sac Les cahiers de Colette –, le petit paravent de photos d'Italie, le magazine *Écrire* et le légendaire carnet Moleskine, et des mots d'affection. Tout ce temps consacré au choix et au montage des photos, à la recherche des objets dans les boutiques, à l'emballage et à l'expédition pour que cela arrive à temps, il n'y a que toi pour penser à tout cela et me gâter ainsi avec tant de sensibilité, de générosité, de délicatesse qui m'émeuvent aux larmes, et c'est pour ne pas pleurer encore que j'ai tant tardé à t'écrire mon merci, peine perdue, c'est reparti, et me reviennent les centaines de cadeaux que tu m'as faits et surtout l'inoubliable premier, le trio mythique, fleurs de Mme Lespérance, miroir ancien et framboises. Certains prétendent que l'amour n'existe pas, qu'il n'y a que les preuves d'amour qui existent, et de ces preuves tu es prodigue, et je les reçois chaque fois comme un baume sur une peau d'écorchée vive, l'apaisement de la douleur en même temps que la douleur de l'apaisement, un soulagement inespéré, tu sais ma souffrance d'être née et la difficulté que j'ai à vivre tous les jours avec moi-même, tes cadeaux d'anniversaire m'entourent comme des bras accueillants où je trouve une chaleur si bienfaisante, celle que, même dans mes rêves les plus beaux, je n'ose imaginer qu'elle puisse exister pour moi. Jamais personne n'aura eu tant d'égards à mon endroit, jamais je ne saurai assez te remercier ni te rendre la pareille, bien que ce soit mon plus cher désir. C'est dans la douceur de ton regard sur moi que je puise pour neutraliser l'acide qui me ronge. Je t'embrasse, j'ai hâte de te voir, j'ai hâte à la mer.

Mille grazie.

Co

Hier, anniversaire de la mort de mon père, même beau temps qu'il y a onze, douze ans, je ne sais plus, 1991 ? Ce matin, un rêve, une salle d'hôpital, je dois accoucher, je ne sens rien moi-même, ce sont le médecin et l'infirmière qui l'affirment, je blague en leur demandant s'ils en sont bien sûrs. Trop tôt expulsé. On ne peut le remettre à l'intérieur, ils n'ont pas de doute, je dois accoucher. Je demande d'aller à la selle, l'infirmière m'observe, il semble que ce soit bien que cela se produise ainsi, cela facilitera les choses pour ce qui vient après. Il n'y a pas de papier, elle me fait comprendre que je dois utiliser ma main. Ma mère est assise à l'écart, elle observe le coin de la pièce où se déroulera l'action. C'est très haut, le plafond est à une quinzaine de pieds du sol, une fenêtre givrée laisse pénétrer une lumière grisâtre près d'une grande échelle en aluminium où je soupçonne que je devrai monter. J'ai un peu peur, surtout parce que je ne sais pas et j'ai honte de ne pas savoir. Je vais trouver ma mère qui croit dissimuler l'inquiétude de son regard. Accroupie, je l'embrasse et la remercie d'être là. C'est fou, j'hésite même à l'écrire tellement cela semble menaçant. Je suis confiante. Je le vois à mon attitude qui tente de rassurer ma mère, je me veux désinvolte, légère, je perçois une tension dans la pièce. Les trois personnes qui m'accompagnent ont une expérience que je n'ai pas, elles savent qu'il y a un danger, je le sais aussi, mais je ne veux pas m'y attarder puisque je n'ai pas le choix, le moment est venu et je dois agir, ne pas le faire serait fatal à coup sûr. Cette grande échelle qui monte jusqu'au plafond, devrai-je y être pendue, la monter, puis sauter en bas, ou de là-haut expulser le bébé que le médecin et l'infirmière recueilleront en bas comme une pomme qui tombe de l'arbre ? Je ne sais trop, et il semble interdit que je pose la question, je ne dois connaître la vérité qu'en la vivant. Je me réveille, mon rêve encore présent, et je m'étonne de ma reconnaissance exprimée à ma mère, une porte si solidement verrouillée dont l'entrebâillement était inimaginable vient de céder dans un glissement aussi naturel que celui du glacier sur la moraine. Je suis soulagée, contente, je ne suis pas absolument ingrate, méchante, injuste ; j'abrite en moi de la reconnaissance, de la bonté et un peu de courage.

Hier, conseil d'administration, mercredi, la sorcière, mardi, le yoga, pas de temps pour écrire.

Émue à la lecture de Roger Laporte dans *Études*, sur le mal que l'écrivain peut s'infliger en n'écrivant pas, sur les alibis de toutes sortes qu'il invoque pour se dérober à cette exigence d'écrire, sur Kafka qui se voyait comme un chien, la parenté, pas avec l'écrivain, bien sûr, mais avec l'homme qui se prend pour un chien ; c'est une image si ancienne de la représentation que j'ai de moi-même que je ne sais trop où elle a commencé, si ce n'est à l'origine. Je sais que les personnes que j'aime le plus, mes amours, mes amis, me donnent très fort l'impression d'être un chien quand elles me font attendre, ne se présentant pas à l'heure au rendez-vous, ne téléphonant pas alors qu'elles ont promis de le faire. Je me vois alors comme un chien fidèle couché près du téléphone ou de la porte, mourant d'ennui, abandonné sans autre choix que d'attendre le maître de ma joie, qui connaît l'étendue de son pouvoir et qui sait que nulle rébellion ne le menace, la dépendance et l'attachement du chien le tiennent dans l'attente, dût-elle se prolonger indéfiniment. Je leur en veux de me traiter ainsi et je m'en veux de le supporter, même de le ressentir de cette manière. J'ai passé des années sur le divan de Mme Saint-Jean, devant un Picasso, un portrait de Jacqueline assise, je l'ai décortiqué, trait par trait, j'ai trouvé un chien dans la tête de Jacqueline, j'ai raconté à quel point ma mère avait une peur des chiens qui était une frayeur sans mesure, elle leur en voulait d'exister, ils semblaient constituer pour elle le comble de la menace, pire que la bombe atomique, un danger encore plus mortel, peur qu'elle m'a transmise et, si d'aventure il nous arrivait d'en croiser un alors que nous étions ensemble dans la rue, ne m'a-t-elle pas tendue devant elle, au bout de son bras comme un bouclier, un écran qui aurait dû la protéger de la morsure, de la dévoration ? Et comment l'aurais-je pu, où trouver la bravoure, moi qui ne connaissais les chiens que par ses mots à elle, faits de terreur et bien plus encore d'une horreur muette en dehors des mots que je sentais aussi sûrement qu'une odeur de soufre, de souffrance sans aucun doute, mais comment aurais-je pu la soulager ? Du chien terrifiant que ma mère m'a transmis, j'ai fait un chien soumis, fidèle, indéfectible compagnon, flamme du sanctuaire de l'amour qui jamais ne s'éteint même si elle brûle en vain, trouvant dans cette *consumation* son orgueil et sa misère, sa valeur et ce pourquoi elle mérite le mépris, l'impasse absolue. Et, même dans l'écriture, cette figure me poursuit, je suis la bête qui tente d'écrire, singeant ceux qui pensent, je suis le saint-bernard fouillant la neige, l'imprimant de mes pas pour retrouver l'homme enseveli, le ramener au chaud afin qu'il écrive notre histoire, celle de l'homme qui peut penser et écrire, sauvé par la bête domestiquée, fidèle et courageuse. Dans mon obstination de bête, mon programme étroit, je traîne le corps de l'homme, je ne l'abandonnerai jamais, je ne suis pas programmée pour cela, mais mon instinct de bête me dit qu'il est si bien gelé que toute vie l'a quitté, qu'aucune histoire ne s'ensuivra, que mes traces de chien, que mon épuisement à tirer un cadavre dans une immensité glacée d'où toute présence, tout foyer sont absents restera vain, je ne serai que le témoin d'un événement où sont disparus le héros et quiconque à qui le raconter. S'il était là, s'il revenait à la vie, s'il pouvait lire dans mes pensées de chien, il écrirait, avec des mots, il pourrait traduire la trace de mes pas dans la neige, cela pourrait s'intituler *De l'inconvénient d'être une bête,* il dirait : « Pour qui ? » Pour personne, pour lui et pour moi, la détresse du chien fidèle qui a perdu l'instinct du loup pour sa propre survie dans cette domestication qu'il a subie sans atteindre la capacité de penser, d'être libre, de penser la liberté. Jacqueline assise avec son chat, mais dont toute la pensée est occupée par un chien. Chien perdu ? Ton chien est mort ?

Hier soir, *Savannah Bay* de Duras au Rideau Vert avec Sutto. Mme Sutto a fait là un travail à la Giacometti, a éliminé tout ce qui n'est pas essentiel. La présence de la vie intérieure si forte, le fouillis des événements dans la jungle de la mémoire où le lierre pousse si vite dans la chaleur humide qu'il a vite fait disparaître le tronc d'un arbre, même important, impossible à retrouver ainsi couvert de feuilles. Et c'est le jeu, dans jeu il y a je et u, *you* en anglais, Madeleine joue, c'est son métier, elle est comédienne, mais dans *Savannah Bay* ne joue-t-elle pas avec elle-même, ne se donne-t-elle pas la réplique à elle-même ? La jeune fille jouée par Monique Spaziani est-elle le souvenir de sa fille, sa petite fille, une admiratrice, elle-même souvent, n'est-ce pas un fantasme de tout cela à la fois sur lequel elle s'appuie, sa propre jeunesse lui servant en quelque sorte de bâton de vieillesse, lui tenant compagnie dans sa solitude ? Est-ce que tout *Savannah Bay* ne se passe pas dans la tête de Madeleine, lieu de chimères, de scènes, de coulisses, de souvenirs d'Asie, de ses parfums, de ses bruits, de mémoire de textes de théâtre, de littérature, de livres dont les pages annotées au coin roulé ou plié témoignent du fait qu'ils ont été lus, relus, travaillés, puis sont disparus dans sa mémoire, disparus à la manière dont est disparue toute l'eau que nous avons bue, toute la nourriture que nous avons mangée dans notre vie, non pas tant que cela ait disparu, mais se soit transformé en ce qui nous constitue, que cela soit devenu le sang qui circule dans nos veines ? Madeleine joue à jouer seule ou avec une autre, seule et avec une autre. Quelle importance, la Madeleine jeune n'est-elle pas une autre de toute façon, Madeleine, par son choix d'être comédienne, n'a-t-elle pas réussi à toujours être une autre, d'autres? Et la voix qu'a trouvée Mme Sutto pour Madeleine est une voix inouïe qu'on ne lui avait jamais entendue, une voix de celles qu'on entend dans l'intimité de notre pensée en lisant, une voix qui nous appartient, mais qu'on ne saurait faire entendre, cette voix un peu blanche laisse entrevoir, rend visible une part d'invisible. Par moments, nous avons accès au mystère d'être là dans la salle d'un théâtre, de voir une comédienne qui joue le rôle d'une comédienne qui elle-même joue avec des mots, des souvenirs, racontant une histoire en pointillé, dont de grands bouts sont effacés ou passés sous silence, et nous sommes comblés par cette histoire malgré ses trous ou peut-être à cause de ses trous. Nous devons notre reconnaissance à la comédienne Sutto d'abord et avant tout, et il est bien difficile de distinguer la part qui revient au texte de la mise en scène, et c'est peut-être même une preuve de réussite que leur travail soit transformé, digéré comme l'eau et la nourriture pour que ne restent que la vie, le rêve incarné de la vie. L'entreprise du théâtre semble constituée d'une chaîne vampire où l'auteur mord le cou d'on ne sait quoi porteur de vie pour être mordu à son tour par le metteur en scène, puis par l'acteur, puis par le spectateur où cette vie continuera à circuler, se transformant, transformant chaque maillon de la chaîne, transformant la vie elle-même.

Mercredi 13 novembre 2002

Émile Ollivier est mort dimanche, je tortille à l'écrire, c'est une grossièreté, cela lui a fait partager la vedette dans les médias avec Louis Gauthier à qui on remettait le prix d'excellence de la Ville de Montréal. Un événement malheureux lié, enchaîné, fondu dans un événement heureux. J'ai du mal à me concentrer ; de l'autre côté de la rue devant le Théâtre d'Aujourd'hui, quelqu'un hurle dans un mégaphone des paroles qui s'arrêtent et reprennent, puis un chant devant une douzaine de porteurs de pancartes sur lesquelles on peut lire « À bas, non, nous vaincrons ». Ils sont entourés de quelques cameramen et de photographes, un petit tournage sans doute, à petit budget, sur la lutte des Noirs. Je dis ça parce que celui qui tient le mégaphone et qui hurle dedans est un Noir qui porte un chapeau et un paletot comme mon père en portait quand j'étais petite. En jetant un œil ce matin sur le journal de la veille, je lis l'article sur Émile Ollivier à la une, me faisant la réflexion que s'il n'était pas mort Louis se serait sans doute retrouvé à la une plutôt qu'en huit. Puis je pense à M. Ollivier, la fois, il y a quelques années, cinq, sept, je ne sais pas, où j'étais allée le saluer à L'Express en lui disant que j'avais été son élève au cours de français à Beauharnois. C'était le collège Saint-Viateur, établissement destiné aux garçons par les clercs du même nom, qui avait ouvert ses portes aux filles depuis peu de temps. J'y ai fait ma dixième et ma onzième année, puis mon secondaire 5, j'avais alors quinze, seize ou dix-sept ans. Je ne sais plus si j'ai été dans la classe de

M. Ollivier un an ou deux, peut-être un an en français et un an en géographie ; non, la géographie, c'était sa femme. Ce matin en lisant cet article, je prends conscience que M. Ollivier a été la première personne différente de moi, de mon entourage, que j'aie jamais vue. À un âge tout de même assez avancé, dans une ville à une demi-heure de Montréal, je n'avais jamais rencontré ni Chinois, ni Japonais, ni Noir, je n'en avais jamais croisé dans la rue, il n'y en avait pas. D'ailleurs, que seraient-ils venus faire là, dans ce village qui me semblait le plus laid au monde (depuis, je me suis aperçue que la concurrence était très forte), où l'activité principale était de s'ennuyer, ce n'est pas un endroit que l'on choisit, c'en est un d'où on tente de s'extirper. M. Ollivier est le premier Noir que j'aie connu, j'ai du mal à retrouver des détails dans ma mémoire, je revois une salle de classe du côté de la rue Ellice, un mur fait de fenêtres faisant un angle avec le mur couvert d'un tableau noir et, dans le coin, posé sur une estrade, le bureau derrière lequel se tient M. Ollivier qui parle bien, très bien, qui semble tout savoir. Est-ce exact ou est-ce que je confonds ? Je vois un cancre faire le pitre et, après un avertissement ou deux, M. Ollivier, calmement, de sa voix chaude et forte, dire : « Demers, sortez ! » Ce n'est pas clair, Demers ou un autre, un élastique ou un crayon qu'il fait rebondir dans la nuque du voisin devant lui, le coin de sa bouche qui s'étire en même temps que l'élastique et, toc, la coupure du maître, sans cris, sans humiliation, sans disputes : « Sortez ! » M. Ollivier, à L'Express, a soutenu qu'il se souvenait de moi et de mes devoirs de français, il a dit se rappeler que j'étais assez douée ; je ne l'ai pas cru, je lui ai répondu qu'il était très poli et très gentil ; il m'a assurée que non, qu'il s'en souvenait. Je l'ai laissé, tenant la chose pour impossible, mais reconnaissante de sa gentillesse qui restera toujours accolée au souvenir que je porte de lui. Une bonne parole, même si elle n'est pas vraie, fait du bien, ne serait-ce que par l'intention qu'elle porte, et son effet peut être très prolongé.

Ne pas tricher avec soi-même, dire ce qui est là, qui loge en soi comme dans une maison, les acariens, les moisissures, les poissons d'argent, les araignées, parfois les fourmis, les mites, les perce-oreilles, les souris et les rats, mais aussi les rayons de l'aube lui donnant une dignité de cathédrale, un recueillement rendant l'arrivée du jour solennelle, qu'elle prend dans ses bras avec chaleur et gratitude, honorée de sa venue ou de la splendeur de ses adieux lorsqu'il allonge la main pour dire au revoir en étirant l'ombre du dessin d'un vase sur le mur du piano, la douceur ; et la violence du dernier éclair braqué sur le calvaire de la femme souffrante, blessée, ensanglantée, jamais débarrassée du placenta de sa propre naissance, recroquevillée, ne pouvant se tenir debout, prenant appui sur son ombre et sur l'homme bleu de rêve magnifié d'or aux épaules et au sexe. Ces *Porteurs* de Betty Goodwin m'ont toujours paru ma carte du ciel, radiographie de mon âme que je lis avec des variantes selon les jours, les années, mais constamment sur ce fond d'impuissance et de douleur. Que cette femme soit lavée de tout ce rouge qui la colle en boule, qu'elle tienne sur ses jambes, que l'homme bleu la prenne dans ses bras, si serré, que leur étreinte soit si étroite qu'elle laisse sur celle-ci un peu de poussière d'or avant que le rayon rasant disparaisse.

Me pencher sur ma feuille
En ce matin à moins vingt
Comme un estivant sur la plage
Pour récolter les coquillages
Que la marée de la nuit
A laissés tomber avant de se retirer
Beaucoup de pattes de crabe
De coffres vidés par les poissons
Ou les oiseaux
Puis la moitié d'un couteau
Dans les deux sens
Une seule valve à l'intérieur nacré
De blanc rosé de blanc bleuté
Au moment de saisir le coquillage
Apercevoir sa fracture
Au milieu cassé en deux
Hésiter et l'emporter quand même
Dans un geste de compassion
La beauté heurtée, la beauté en pièces
N'en est pas moins de la beauté
Rapporter cette moitié de couteau
En deux morceaux dans ses bagages
Leur trouver un usage
L'un fera une cuillère pour le sel de mer
L'autre recevra les perles et les diamants
Des boucles d'oreilles
L'oreille rose et blanche et bleutée
Ourlée de circonvolutions

Souvent comparée à un coquillage
Oreille percée par le chant de la mère
Ayant perdu sa substance vivante
Ne reste que le contenant
La preuve que cela a existé

On en apprend tous les jours, on en apprend de belles ! L'encre scellée dans une cartouche disparaît, s'évapore, le plastique de la cartouche se fend si on le pince, laissant échapper un corps gras incolore suivi de quelques traces noirâtres. Cela arrive bien sûr après plusieurs années de stagnation, mais tout de même pas tant que cela, une vingtaine. Ce qui ne sert pas se dessèche, perd son pouvoir d'écriture, se gaspille. Je veux faire une lettre à Pierre.

Pierre,
Je n'ai jamais eu autant de peine de toute ma vie, il n'est rien que je n'aurais donné pour que cet accident ne te fût pas arrivé, j'aurais pris ta place pour t'épargner ces douleurs. À son annonce, j'étais incapable d'accepter cette catastrophe comme une part de la réalité, les seuls mots qui me venaient étaient* non, non, non, je ne veux pas, *je cherchais à trouver un moyen pour rembobiner et effacer cet événement, pour faire en sorte qu'il n'ait pas eu lieu, qu'il n'ait jamais existé, je perdais pied, je dérivais, puis, consciente du danger, j'essayais de lutter, de faire face, oui, cela avait eu lieu, oui, c'était horrible et, oui, j'avais toute la peine du monde et je me raccrochais : tu parlais, tu me parlais, tu disais que tu ne souffrais pas, tu étais vivant, tes yeux étaient intacts, des gens compétents prenaient soin de toi, je devais rester forte et calme, il fallait que tu puisses compter sur moi et tu le peux, je t'assure, je vacille sous la*

* Pierre a subi des brûlures au troisième degré à la suite d'une explosion de gaz dans une maison en France.

douleur, mais je ne tombe pas. Je te demande pardon d'avoir crié au téléphone, de t'avoir adressé des reproches à un pareil moment, mais c'était d'être loin, dans l'impossibilité de te toucher, de te voir, c'était le geste de celle qui se noie et s'agrippe à son sauveteur avec une force désespérée, qui risque de noyer celui venu à son secours. N'y vois rien d'autre, je t'en prie, que combien tu m'es cher et que l'idée même que tu souffres m'est insupportable. J'ai eu si peur de te perdre que je rends grâce au ciel tous les jours de t'avoir épargné, mais, à l'avenir, promets-moi d'aider le ciel à te conserver en étant plus prudent.

Ces petits moments dans l'emploi du temps entre deux activités où je guette la vie comme un gardien de phare qui ne peut que jeter son rayon dans la nuit, mais jamais apaiser la tempête ni suspendre le navire au-dessus de la mer tourmentée. Ce gardien est-il là pour se repaître du spectacle de la catastrophe ou pour contribuer à l'éviter ?

Mais ce qu'il guette, ce qu'il surveille, c'est l'horizon, les variations de la lumière, du vent, du mouvement de l'eau. Ce rien qui passe d'un soleil à l'autre, c'est la vie qu'on aperçoit souvent comme l'homme invisible lorsqu'elle se déguise en grand brûlé pansé, enveloppé comme une momie.

Parfois, c'est vraiment comme si ce dont on avait besoin s'offrait et qu'il n'y avait qu'à le saisir. Après une journée laine minérale, je suis entrée à la librairie, j'ai fureté et déniché au hasard juste le livre qu'il me fallait, qui m'a remplie de joie au premier contact, en lisant la première page, avec le petit dessin simplissime de sa couverture. Je l'ai pris par l'opposé de la tranche et j'ai plié le bras pour le porter sur mon cœur, j'ai continué à faire le tour de la table où étaient posés les livres en me disant que j'exagérais un peu, c'était un peu comme si, ravie, je quittais un bar au bras d'un homme qui avait réveillé mon désir et qu'en avançant vers la porte je continuais à regarder les autres pour voir s'il y avait mieux, pour peut-être en prendre deux. Je savais que je ne ferais pas cela, qu'il y avait risque de perdre la flamme à trop vouloir… Je me comportais comme si le livre était un homme : mon manège pouvait-il éveiller une pointe de jalousie qui le remplirait de désir pour moi ? Et simultanément, je me morigénais de cette coquetterie légère, comme si elle pouvait causer au livre du chagrin. Bien vite, j'ai filé à la caisse en cueillant au passage un Léo Malet pour Luc qui s'est entiché de cet auteur récemment.

Et ça frappe comme un coup de hache, on ferme les yeux un instant, pour effacer, pour se retrouver avant le coup et faire en sorte qu'il n'arrive pas, mais c'est trop tard, on a fermé la porte, mais la chose avait eu le temps d'entrer, la chose qu'il ne fallait pas voir, la chose qu'il ne fallait pas entendre, celle qui ne devait pas être dite, ça ne fait plus mal, si la douleur a disparu, l'amour a disparu. Et si l'amour a disparu, comment peut-on, comment se permet-on d'y survivre ? Et si l'amour éternel a disparu, n'est-ce pas parce qu'il n'a jamais existé ? C'est que nous n'aimons jamais que ceux que l'on porte en nous et que nous avons inventés au moins à moitié, cette partie reste en nous, nous nous accommodons de notre perte, puisque sa moitié la moins étrangère reste à notre disposition en esclave dévoué et content de son sort.

Est-ce que c'est en parler qui ne fait plus mal ou si c'est la chose qui ne fait plus mal ? Les mots comme écrans qui séparent et comme agents de liaison. Encore en bas du fil de fer, je perds le fil et ne peux me remettre sur mes pieds à l'endroit où j'étais, je dois reprendre au début et je ne sais plus, je voulais mettre côte à côte les mots et le pur ressenti. N'est-ce pas ce dernier qui remporte à tous coups la partie comme une présence qui se veut bienveillante, protectrice, mais qui empêche la liberté, le naturel, du simple fait d'être là comme un parent dans la maison pour un party d'adolescents ?

Un petit souffle
De ce printemps
Qui tarde tant

Et toutes mes pensées
Pleines d'affection
Vous accompagnent
Ce soir…

Tout entière dans le non
Incapable de se contenter
De la moitié pleine du verre
Obnubilée par la moitié vide
Non – ne pas – incapable
Incompréhensible – insatisfaite
Insoumise – infantile
La négation et la dénégation
Sont les eaux amniotiques
Où je baigne et suffoque
Impuissante à me tirer de là
Jouet captif aux mains d'un étranger
Au regard porté ailleurs
J'attends en chien abandonné
La caresse de mon maître
Aller à la découverte
Avancer dans l'inconnu
Comme dans un brouillard
Entrevoir la chose
Qui disparaîtra aussitôt
C'est cela écrire pour moi
Trouver une trace
Qui puisse faire imaginer
Un chemin

Je pense à ce lieu où la veille se mêlaient les conversations à l'heure de l'apéro, les rires des voisins venus jouer aux boules, ce moment où il manque toujours quelqu'un de la maisonnée qui passe sous la douche, finit de s'habiller ou part à la cuisine chercher une bouteille, ce même lieu, qui tenait de la place publique, le lendemain matin était devenu un endroit de recueillement, une aire paisible pour goûter le silence et le ciel, et rendre grâce à Dieu sait quoi, à qui de droit, tout simplement à la vie, de tant de beauté, cet instant de répit où il n'y a rien à combattre, où la conscience d'être est le plus beau des cadeaux plutôt que l'héritage ingrat que d'habitude on traîne, ce moment privilégié où l'air qui entre dans les poumons nous émerveille comme un amant assistant à la toilette de celle qu'il aime souhaiterait tout à la fois être l'eau qui la baigne, l'éponge sur sa peau et les coquillages qui l'entourent, dans la fulgurance de l'instant où se saisit l'éternité dont vite il faut détourner les yeux de peur de chavirer et pour ne pas danser, on pousse le balai avec entrain sur les olives jonchant les dalles dont se repaissent les fourmis.

Pour ton anniversaire, Luci, une petite tranche de mon cœur et de ton Ischia tant aimée, avec tous mes vœux de bonheur.

Mardi 6 mai 2003

C'est le jour de l'anniversaire de naissance de mon père et je ne sais plus rien de l'année de sa mort ni de celle de sa naissance, cela doit faire environ douze ans qu'il est mort, mon repère étant de nous être dit, mon frère et moi, quelques années plus tôt : « Cela fait déjà dix ans que papa est mort, comme le temps passe ! » Il avait soixante-seize ans. Il en aurait donc quatre-vingt-huit s'il vivait encore. Je ne sais pas pourquoi j'écris cela, je n'en ai pas envie, je n'y vois pas d'intérêt. Devoir de mémoire, exercice préventif pour ne pas me perdre, mécanisme réflexe ? J'ai déjà dit ailleurs combien je l'aimais, je n'ai tellement pas envie de revenir sur ce sujet, et pourtant quelque chose l'exige. Si je regarde une planche-contact de clichés pris par ma mémoire, il bêche son jardin, la peau brunie à longueur d'année, dont la couleur s'accentue dès le printemps, il coupe ses ongles impeccablement, dans sa chemise blanche du dimanche au retour de la messe, il laisse tomber les rognures dans le cendrier sur pied près de son fauteuil où il passera des heures pendu par le cou, attaché à un poids, un système fait d'un sac de sable, d'une corde et d'une poulie, recommandé par un chiro pour étirer la colonne vertébrale et éloigner la douleur. On ne le voyait pas le matin, il partait pour l'usine avant que nous soyons levés, parfois il nous réveillait, il était là pour le repas du midi, une nappe posée sur la table, il était content d'avoir de la soupe ou de manger les légumes frais de son jardin, échalotes vertes, radis, salade et, bien plus tard dans la saison, avec un plaisir toujours renouvelé, les tomates. Le courage, la vaillance, la bonté profonde, la dignité dans la pauvreté matérielle et – pourquoi est-ce que j'hésite à l'écrire? – intellectuelle, il ne lisait pas, écrivait au son avec ce qu'il avait retenu de sa quatrième année et, peut-être est-ce le plus difficile à concevoir pour moi, il arrivait à penser, à avoir du jugement, à être un honnête homme. C'était un paysan exilé dans la banlieue de sa campagne, et je n'arriverai jamais à rendre compte de sa vie ni à savoir s'il a été heureux vraiment. Bien sûr, il l'a été par bouffées, par instants, mais a-t-il été content de sa vie? Floué par son père, lié à une femme qui n'aimait pas faire l'amour, passant sa vie en usine alors qu'il n'aimait que la solitude et la campagne, ce lent dont la lenteur témoignait de la conscience qu'il mettait à vivre dans chaque geste qu'il faisait, comment a-t-il été heurté par ce siècle où la vitesse est souveraine, un peu, beaucoup? Et comment parler de ma naïveté, pour boucher les trous, pour me dorer la pilule, depuis l'adolescence séduite par Camus, le Camus sensuel de *L'Été,* Camus solidaire des démunis, Camus disant que c'est à se tenir debout devant le vide que l'homme trouve sa dignité? Conquise par la photo de ce bel homme, celle qui est dans le dictionnaire où il ressemble à mon père, je me suis plu à imaginer qu'ils étaient de la même farine, que si mon père avait connu d'autres cieux et avait eu la chance de recevoir une éducation comparable dans un milieu favorable, mon père aurait eu pour ses semblables cette compassion dont est remplie l'œuvre de Camus, ce courage désespéré du chef d'orchestre soutenant ses musiciens pendant que sombre le *Titanic.*

L'impression de vivre aujourd'hui, cette journée comme une chose, comme si j'étais une chose, la souffrance en plus.

Sentir la vie qui s'échappe comme d'un sablier qui ne sera pas retourné, sans jamais connaître le sable, juste le mouvement de sa fuite.

Écrire à Pierre pour le 5 juin.

Nous ne serons pas ensemble cette année pour célébrer notre rencontre du 5 juin 1972. Tu te rends compte ? C'était au siècle dernier, trente et un ans ! Je me suis jetée sur toi comme une noyée, je voulais vivre, je voulais que quelqu'un me donne la vie, me fasse une place, me choisisse dans le boulier de la loterie où tous les numéros se valent jusqu'à ce qu'une main s'empare d'une boule pour en faire le numéro gagnant. Tu as été, tu es et tu seras toujours la personne la plus importante pour moi, mon idole, mon âme sœur, mon énigme. Je te connais si peu, je ne sais rien de tes rêves, Marco Polo, D'Artagnan, Amélie Poulain, je veux te dire merci pour le passé, le présent et le futur, mon éternel amour.

C'était l'été 1979, nous habitions pour la saison un petit chalet au bord du fleuve à Saint-Michel-de-Bellechasse. Un soir ou un matin, je ne sais plus, allongée près de Pierre dans le lit de cette chambre, je lui ai parlé d'une idée qui m'était venue : faire un restaurant. Je venais d'avoir vingt-huit ans, depuis que j'étais sortie du conservatoire cinq ans plus tôt, les engagements n'avaient pas été nombreux, la télé, le cinéma et la pub, tout ce qui était un peu payant, ne voulaient pas de moi, je n'avais fait que du théâtre, et encore pas tous les mois, j'avais eu plusieurs périodes libres. Il fallait réagir, je devais trouver un moyen de subvenir à mes besoins, je ne pouvais supporter d'être à la charge de Pierre et je voyais bien que mes camarades du conservatoire qui réussissaient à vivre de leur métier savaient vendre leur salade. Je ne savais pas solliciter, j'étais gauche, honteuse et humiliée d'aller proposer mes services, je le faisais autant que je pouvais, me piétinant le cœur, mais sans grand résultat ; je n'allais pas passer toute ma vie à attendre comme un livre invendu sur la tablette d'une librairie, empoussiéré dans l'échec et la pauvreté, qu'un acheteur me choisisse. Il fallait un plan B. J'aimais la cuisine, la convivialité, les restaurants, le cadre qu'ils fournissent aux rencontres, le lieu où se tissent les liens, où se partagent la parole, les idées, l'amitié en même temps que le pain et le vin.

J'aimais sortir tard le soir après le théâtre avec les acteurs après avoir joué ou avoir vu une pièce, et à cette heure il n'était pas facile de trouver un endroit prêt à accueillir ces groupes bruyants, pas très fortunés pour la plupart, qui avaient une petite faim, une grande soif, et qui n'avaient jamais envie d'aller se coucher. J'avais envie d'un restaurant qui ne soit ni kitsch ni crado, je le voyais comme une place publique où tous se sentiraient à l'aise, les jeunes comme les vieux, les solitaires, les couples, les familles avec enfants et grands-parents, les Montréalais et les voyageurs de l'étranger. Ce serait un endroit simple, mais bien tenu, on pourrait y manger des soupes, des sandwiches et quelques plats d'une cuisine facile : blanquette, tartare, daube. Ce serait une maison toujours ouverte, on pourrait y prendre son petit déjeuner tôt le matin, son repas du midi ou du soir, la porte ne serait fermée que le temps de faire le ménage au milieu de la nuit. Pierre et moi avions déjà transformé une ruine en maison agréable avec des amis, participé à la construction du théâtre Beaumont-St-Michel avec ses parents, où nous avions appris beaucoup en touchant un peu à tout, chantier, production, réservations téléphoniques, bar. Nous avions appris à faire les dépôts, à payer les salaires, les fournisseurs, à tenir les comptes et à voir à huiler l'engrenage quand un grain de sable venu s'y loger en perturbait la marche, le nerf de la guerre, le cœur de l'entreprise, les relations humaines ! Pierre avait travaillé dans différents théâtres comme régisseur, éclairagiste, metteur en scène, directeur de tournée, directeur de production, il connaissait la logistique, les budgets, la gestion du temps, et il était doué pour parler aux gens, et c'est en nous appuyant sur ce que nous avions reçu de notre milieu du théâtre que nous avons fait le restaurant. Il y avait tellement de similitudes : les coulisses, la cuisine ; la scène, la salle ; les acteurs, les garçons ; les techniciens, les cuisiniers ; l'auteur, le chef ; et chacun qui se croyait le plus important, mécontent de n'être pas reconnu à sa valeur véritable par les autres. Nous connaissions notre tâche : expliquer et redire l'importance de l'équipe, la nécessité de chaque instrument de l'orchestre, le bon son au bon moment. Notre objectif commun : servir, faire en sorte que la personne ayant choisi de venir s'asseoir chez nous en reparte contente.

Je croyais que si on arrivait à faire en toute simplicité un lieu qui soit beau, où l'on puisse manger et boire à toute heure quelque chose de bon, où l'on soit accueilli par du personnel aimable sans être familier, où les anonymes soient traités avec autant d'égards que les célébrités, où l'on puisse manger à l'aise, même seul, qu'on soit un homme ou une femme, et que l'addition soit raisonnable, si on arrivait à offrir cela, on trouverait notre public. J'avais la conviction que, si l'on pouvait faire un restaurant qui me plaise, il plairait à d'autres aussi. Tout cela m'aurait paru absolument impossible si quelques années auparavant nous n'avions fait la connaissance de Maryse et Jean-Marie* par l'intermédiaire de Nicolas, que Pierre avait engagé alors qu'il était au Théâtre populaire du Québec. Nous étions devenus amis, ils avaient ouvert Arthur Quentin en 1975 et s'apprêtaient à mettre au monde Bleu nuit. C'est leur exemple qui me donna l'espoir : on pouvait faire du commerce sans que ce soit dégradant et en tirer les revenus de sa subsistance. Maryse disait qu'il fallait le faire comme une création ; cela me consolait et me console encore du rêve abandonné d'une vie de théâtre que naïvement j'avais imaginée dans une troupe comme au temps de Molière, où j'aurais joué tantôt les utilités, tantôt les grands rôles, nettoyé les costumes et peint les décors, partageant les repas et une vie de voyages avec mes camarades. J'étais en retard de quelques siècles.

---

* Il s'agit de Maryse Quentin, propriétaire des défuntes boutiques Arthur Quentin et Bleu nuit, et de son mari de l'époque, Jean-Marie Labrousse.

Revenons dans le lit où j'expliquais à Pierre l'idée qui m'était venue et ce qu'elle avait de plus extraordinaire : nous permettre d'être toujours ensemble. C'était un gros bateau, mais la navigation lui a toujours plu. Nous étions excités comme des puces, nous avons parlé longtemps, longtemps. Après quelques semaines d'élaboration, il a été évident que nous ne pouvions tenter l'aventure seuls et nous avons proposé à Maryse et à Jean-Marie de s'associer à nous, et nous avons eu beaucoup de plaisir à imaginer ce lieu. Avec l'ouverture de Bleu nuit, Maryse a trouvé la charge trop lourde et s'est retirée du projet, cédant ses parts à Jean-Marie. Puis nous avons acheté la maison de chambres en face de chez Quentin, puis François s'est joint à nous, Luc élu architecte par acclamation. Pierre a convaincu la banque de nous faire confiance, a pris la direction du chantier, a fait des budgets et des calendriers, pendant que j'épluchais les livres de recettes, testais des plats, lisais sur les vins, compulsais les catalogues de vaisselle, puis ça a été le choix du chef, du personnel de salle, et tout cela coûtait si cher et nous avions si peu d'argent que je me suis longtemps plu à dire, et je le pense encore, que si cela n'avait pas marché rapidement nous n'aurions eu d'autre choix que la fuite en Amérique du Sud, mais quelque chose me disait que ce qui était à craindre n'était pas tant l'échec que le succès, il fallait être prêts à répondre au succès, s'organiser pour fournir à la demande si elle était grande, avec une qualité constante. Le train ne passerait pas deux fois.

Nous étions jeunes et inexpérimentés, entourés d'un personnel jeune et inexpérimenté, il fallait jouer au restaurant et que ce soit crédible. Nous avions engagé un jeune chef, Jacques Maurice, qui a été d'un dévouement et d'une patience remarquables, se pliant avec souplesse à nos idées, à nos goûts, dans les conditions difficiles d'une cuisine exiguë comme un wagon de train. Quand L'Express, que j'avais baptisé ainsi en référence au petit café fait à la vapeur et au service qui devait être rapide, a quitté la gare, Jacques le chef tenait la cuisine depuis le matin jusqu'à six heures le soir, et François était maître d'hôtel. Pendant ces heures, Pierre et moi nous occupions de tout le reste – commandes, paiements des fournisseurs, des salaires, administration –, il fallait compter la caisse de la veille et vite porter l'argent à la banque pour calmer le directeur inquiet de retrouver ses billes, il fallait aller chercher le vin à la Maison des vins dans la voiture dont l'arrière frôlait le sol au retour tellement elle était chargée, faire les horaires et engager du nouveau personnel pour combler les départs, les congés, et diriger tout ce beau monde. Six heures venues, Pierre prenait le poste de maître d'hôtel, et je tenais la cuisine. À trois heures du matin, les concierges arrivaient pour faire le ménage, et nous rentrions chez nous, boulevard Gouin, en nous racontant les pépins et les potins de la soirée, et en faisant la liste des choses à faire le lendemain. Puis Nicolas, qui était au chômage, est venu faire le maître d'hôtel le soir, et tous ont été d'avis qu'il fallait trouver quelqu'un pour me remplacer à la cuisine le soir, que je devais assumer la direction et qu'il me serait impossible de maintenir ce rythme, donc Arline est arrivée. Notre ambition était que

L'Express dure longtemps, soit sans âge, nous aimions que l'on pût croire que nous poursuivions la tâche entreprise par nos parents et nos grands-parents, soit d'accueillir les gens pour les nourrir, nous avions hâte que les chaises aient acquis la patine d'un usage intense et prolongé, nous faisions comme si L'Express avait toujours existé en souhaitant qu'il existe toujours et devienne « une institution ». La réponse, Dieu merci, a été rapide et positive en général; quant aux faiblesses, nous en étions conscients et tentions de tout mettre en œuvre pour en venir à bout. Après deux ans, épuisé et se sentant à la limite de ses compétences, Jacques a annoncé son départ. Nous avons rencontré plusieurs chefs, et notre choix s'est porté sur Joël, choix dont nous nous félicitons encore vingt ans plus tard. Pour la plupart des gens, L'Express roule sur ses rails, ils disent « depuis le temps, ça doit aller tout seul », je dirais que c'est comme au théâtre. Bien sûr, ce n'est plus le trac ni l'excitation de la première, mais à chaque représentation chacun doit jouer son rôle, être concentré, renoncer au cabotinage et à tirer à soi la couverture, pour garder le cap sur l'essentiel, garant du maintien de notre position dans le peloton où les concurrents sont de plus en plus nombreux, bien servir le client qui nous fait l'honneur de venir s'attabler chez nous pour qu'il en parte satisfait et qu'il revienne; cela ne se fait pas sur le pilote automatique. Il faut un effort constant de rigueur, de vigilance, de modestie, un acharnement à bien faire, à durer, dans ce pays et par les temps qui courent, où tout est jetable, vite remplacé, dans un domaine où l'on voit de plus en plus l'image qui s'impose, on installe un décor, on fait circuler les assiettes joliment dressées et colorées, mais souvent sans âme et sans goût, par de jolies personnes qui n'ont aucune idée de ce qu'il y a dedans et qui considèrent que cela ne les regarde pas, elles assurent tout simplement le transport de la cuisine à la table et, pour ne les avoir pas renversées, trouvent normal de toucher quinze pour cent de l'addition, pour lesquels elles acceptent parfois de sourire.

L'Express, ce n'est pas de la haute couture, mais ce n'est pas non plus du bas de gamme fait en série. Ce que nous avons toujours voulu essayer de faire se comparerait plutôt à des vêtements tout-aller confectionnés avec les meilleures matières, ceux dont on ne se lasse pas, dans lesquels on se sent bien sans avoir l'air endimanché ni négligé ; c'est une maison où le respect prévaut, le respect des clients, le respect des produits et celui de la direction envers le personnel de la cuisine et de la salle. Ce n'est pas parfait, loin de là, mais chacun fait du mieux qu'il peut ; la fidélité de nos clients et la venue constante de nouveaux visages sont notre récompense et notre motivation à maintenir ce que nous considérons comme un service public : nourrir les gens avec dignité dans une ambiance chaleureuse. L'Express, ce serait comme une chemise blanche aussi agréable sur un jean que sous un smoking.

Vouloir écrire où il y a cri, où il y a rire, où il y a surtout le silence plus plein que n'importe quelle parole. Parole qui ne serait que la voie d'écoulement d'un silence ne pouvant plus se contenir, un mince filet canalisant son débordement, la valve d'échappement d'une cafetière espresso l'empêchant d'exploser et permettant au café de monter. Faire de mon impuissance à écrire ma force, l'objet même de mon écriture, est-ce folie, déréliction ? Courage ou lâcheté ?

Le plaisir qu'elle éprouve à boire son thé dans les nouvelles tasses qu'elle a dénichées aux puces, blanches avec de petits points dorés, elle y pose ses yeux et ses lèvres avec satisfaction, fière de son coup, cinq pour un dollar vingt-cinq, elle les dispose à côté de la théière en fonte sur une assiette rectangulaire, juge de l'effet, on pourrait voir cela dans un magasin japonais chic et cher, elle cherche mon approbation pour augmenter son plaisir, elle verse le thé avec le sérieux que mettent les petites filles à jouer à la dînette. Tout est placé dans la maison, le moindre recoin est une image. Superficialité ? Peut-être, mais poésie d'une chanson, du quotidien, puis, tout à coup, entre la longueur d'un ourlet, l'agrandissement des dimensions de la table de la terrasse, elle chante les louanges d'un jeune homme se consacrant à l'éducation des enfants pauvres de New York, elle l'admire et l'envie, elle se compare à son mentor, à ses amies, s'estime dépourvue. Une incapacité à jouir, une obstination à une masturbation laissant la chair inerte, quelque chose de déjà mort, un cadavre qu'on secoue en hurlant tout bas « réveille-toi, réveille-toi », pour retarder l'instant où il faudra accepter l'événement, le départ, l'abandon définitif. Ne sommes-nous pas toutes pareilles, les hystériques, la plupart des femmes, est-ce de trop vouloir la vie qui empêche de vivre ou est-ce la mort qui nous séduit sans nous prendre ? Être prises – n'est-ce pas ce dont nous nous languissons ? –, être prises par qui ne serait jamais repu. Nous marchons sur un fil de fer où chaque pas approfondit la coupure sous le pied, taille la chair ; la chute nous guette et nous oscillons, sans mandat.

Être sans mandat
Être sans mandataire
Mandatée m'man datée
Obstinée à remplir un mandat
Inscrit dans la chambre noire
De m'man, à son insu,
Sans qu'elle me l'ait confié,
Condamnée à ce que ce ne soit
Jamais ça, jamais assez
Être sans mandat
Sans légèreté ni liberté
N'est-ce pas porter tous les mandats
S'acharner à deviner
Sans personne pour répondre
Tu brûles ou tu gèles
C'est soigner un être dans le coma
Qui ne se décide ni à vivre
Ni à mourir et nous tient
Dans un état semblable au sien
La douleur en plus
Celle de l'impuissance et du doute

Laisse ta main guider ta plume
Laisse ton esprit au repos
Accueille ce qui se présente
Ne regrette pas ce qui se dérobe
Mets toute ton acuité
À sentir, entendre, voir, goûter
Le présent qui rôde autour de toi
Sens sous ton pied ce caillou
Qui le heurte et l'écorche ou le fait vaciller
Prends le temps de te pencher
De l'examiner, de le fracasser
Les pierres les plus précieuses
Sont toujours cachées dans leurs gangues
Et si tu marches sur du sable
Ne te plains pas, continue d'avancer
D'observer la lumière qu'il reflète
L'eau qu'il absorbe
Les insectes et les coquillages qu'il abrite
Pense au bonheur de tes jambes, du seul fait d'avancer
Sans souci d'arriver quelque part
On arrive toujours quelque part
Jamais où on n'avait pensé
Toutes les boîtes sont des boîtes à surprises
Des bonnes et des mauvaises
Distribuées au hasard
Dans la même boîte la mauvaise surprise du jour
Le lendemain peut se révéler l'amorce d'un bonheur
Et même les boîtes vides

Surtout les boîtes vides laissent la place
À toutes les merveilles

C'est un matin où ma main tremble, je n'arrive pas à faire le *focus*. La caméra folle comme une mouche se pose çà et là sans trouver sa pitance, ou hésite entre mille délices. Dois-je à la vérité d'écrire qu'en même temps j'ai pensé « charognes » ? Peut-être est-ce l'effet boomerang de la pensée de mon père qui m'est venue devant le lavabo pendant que je faisais ma toilette au réveil, du soleil des premiers jours de septembre où est survenue sa mort, des larmes et du sang qui m'ont inondée pendant cette nuit passée dans une maison inconnue de Charlevoix où nous étions allés rendre visite au père de Pierre qui se remettait d'une opération qui aurait pu lui coûter la vie et où mon frère m'avait jointe au téléphone pour m'apprendre la mort de mon père. Laissé seul, mort étouffé par son vomi, un accident qui ne serait pas arrivé si j'avais été à son chevet, si quelqu'un avait été là, il ne serait pas mort, pas cette fois-là. Montent à ma mémoire les mots et les notes d'une chanson de Barbara… « quel joli temps pour se dire au revoir », qui commence par « Jamais la fin d'été n'avait paru si belle, les vignes de l'année auront de beaux raisins », etc. Moi, la vigne sans raisins, sans vigneron, rampant comme un lierre parasite qui cherche un arbre pour y trouver un appui, n'en trouve aucun, et c'est peut-être mieux ainsi, le lierre qui prolifère peut étouffer un chêne même vieux et vigoureux. La perception d'être ce petit rectangle jaune aplati n'ayant jamais trouvé l'eau qui le gonflerait pour le transformer en éponge. Et cette plainte infinie, lancinante, qui me fait honte, me paralyse. Oh ! écrire sans je, écrire d'une voix extérieure à moi, sans douleur, une voix sobre, non pas froide, mais économe, mesurée, trouver les accents justes, l'équilibre, les proportions créant l'édifice où règnent la paix, la sérénité malgré la solitude et le doute, le lieu où s'éprouve la dignité. Je ne suis pas un bâtisseur de cathédrales, juste un casseur de cailloux, un cantonnier, pas de temples, mais des tas de cailloux pour mettre sous le passage des roues-roues-roues-roues.

Condamner la bouche, jouir du mutisme, être libérée de l'obligation de répondre aux questions, d'en poser, d'affirmer pour manifester sa présence, prouver son attention, retrouver cette liberté de l'enfant silencieux qui joue dans son coin, qui entend sans écouter, jamais tenu de donner son avis ni de rompre son silence parce qu'il cause de l'angoisse à ceux qui sont autour de lui, on lui accorde le droit d'être là tout simplement, de vivre à sa guise, il entendra bien quelques fois des commentaires auxquels sa mère répondra : « Non, il ne parle pas beaucoup, toujours tranquille, il est comme ça. » On en demande trop à la bouche, on l'affole, bouche pour parler, bouche pour manger, bouche pour respirer, bouche pour avaler la salive à tous moments, bouche avide, inconsolable d'avoir perdu la tétée qu'elle singe en fumant des cigarettes, rongeant des crayons ou des ongles, mâchant de la gomme, buvant de l'alcool, mangeant sans faim, bouche qui embrasse avec dévotion, bouche qui implore, bouche qui prend avec passion, bouche qui dévore, bouche qui mord, qui perce de ses dents, qui déchire et veut s'enfuir en emportant le morceau, bouche qui prend et laisse s'échapper le souffle qui doit laisser une buée sur le miroir de poche, oups ! un trou d'air. Je pense aux petits miroirs rectangulaires, parfois à double face, qu'il y avait dans les sacs à main de ma mère, à l'abri dans une pochette cousue à même la doublure. Les sacs étaient faits comme cela à cette époque, contenant l'accessoire indispensable pour surveiller le nez qui brille et pour rectifier le rouge à lèvres disparu après avoir mangé, le rouge à lèvres qui portait son nom à cette époque, le rouge à lèvres qui était toujours rouge dans des tubes dorés, des rouges mats ou brillants allant du vermillon au rouge vin le plus sombre, presque noir, les peaux étaient blanches, le hâle pas encore à la mode, les bouches chantaient en ce temps-là, pour bercer les enfants, pour elles seules en travaillant, elles se tenaient compagnie, et pour se divertir entre amis ou dans les réunions de famille et à la messe, aux baptêmes, aux funérailles, là où on portait son sac avec le miroir. Bouche qui suce et s'endort dans l'ivresse, caresse qui prend et qui donne, accroissant la fièvre de prendre et de donner, jamais lasse ni repue, bouche murmurant, vociférant, contenant la voix, figure plus personnelle, plus reconnaissable, plus touchante que le visage, que le regard, entendre la voix de l'être aimé, régal à nul autre comparable sauf peut-être à son odeur qui nous emporte, nous enivre jusqu'à nous faire disparaître, nous envahissant au point de nous faire devenir cette odeur même tout en continuant à pouvoir la sentir, nous plaçant en un lieu impossible à la fois dedans et dehors. Bouche, que veux-tu ? Bouche qui veut tout, sucer les jouets, goûter la terre et la pierre, la peau, et cracher, bouche ébahie qui oublie de se refermer et laisse pendre la bave comme un fil d'araignée, bouche qui veut sourire, séduire, montrer les dents, faire la moue, faire la loi, pff.

Des paroles reconnues sans en connaître la signification, la voix n'est pas la même, les arrangements de la musique non plus, mais la mélodie et les mots en portugais ont retrouvé la niche qui leur appartenait dans votre mémoire. Une sensation de bien-être a accompagné ces retrouvailles, quelque chose de physique comme le plaisir de vous asseoir après avoir marché longtemps, palper des pierres volcaniques, rugueuses, légères, à la texture d'éponges pétrifiées, des galets polis, des cailloux cassés aux arêtes vives, des débris de marbre, des agates usées, des gravillons, ces mots en portugais qui vous étrillent l'âme d'un gant de crin qui alterne avec la main nue, qui la caresse pour l'apaiser et vérifier la qualité du ponçage. Puis l'apparition des images, vieilles de trente ans, si claires, où j'avais l'habitude d'entendre cette chanson interprétée par Zelia Barbosa, la pièce aux murs blancs, au plancher blanc, à l'aquarium, à l'harmonium, à la menthe courant dessus, aux sièges et aux fenêtres tendus de velours, au petit secrétaire verni en rouge à l'extérieur et tapissé de toile bleue dedans qui meublait le couloir, j'ai revu avec précision chambre, lit, couvre-lit, tentures, draps, placard, chaise, télé. Les pommes de terre au beurre mangées au lit, la salle à manger, la grande armoire, la table en carreaux, les bancs, les chaises orange, le comptoir de cuisine décapé et incrusté d'un beau grand carreau de céramique rouge à fins dessins orange et noir, la cuisinière au gaz, la grande casserole en tôle émaillée rouge pour les spaghettis, celle en fonte émaillée, les risottos, la galerie vitrée remplie de bouteilles vides de *ginger ale,* le frigo dissimulé dans la dépense, tout, j'ai tout vu en couleurs avec clarté, sauf le tourne-disque et les disques, la source de la musique, dans le salon, c'est sûr, sur le mur nord forcément, mais je ne la vois pas, et toute cette mémoire s'enroule autour de ma gorge comme une écharpe douce de toile d'araignée, de cocon de soie qu'elle caresse et qui se noue. Les yeux roulent dans l'eau, moment de vertige, de gratitude, de prière, conscience du temps, de ce qui nous a été donné, irrémédiablement passé et subitement si présent, cela a été, un peu comme on roulerait en voiture à bonne allure et qu'apparaîtrait tout à coup dans la lunette arrière le paysage quitté plusieurs heures auparavant, soleil couchant derrière, soleil levant devant.

Tout oublier des grands auteurs, de ceux qui ont su, des analystes qui les ont décortiqués, expliquant leur génie, oublier les prétentions à la découverte, à l'utilité, à la compréhension de quelque chose d'important, de signifiant, résister à se pencher du côté du pourquoi écrire et à l'obsession de déterminer une forme préméditée comme un crime, aller au-devant de la rencontre, l'œil ouvert, le cœur accueillant, ne cherchant autre chose que le plaisir de déambuler dans le souk des mots, les tâtant au hasard comme on le ferait chez un marchand de tissu sans intention d'acheter ni même savoir coudre. Il arrivera peut-être que les rayures d'une soie nous fassent imaginer des rideaux rosissant la lumière d'une fin d'après-midi, que le relief d'un lin écru appelle la fraîcheur d'un canapé où nous vautrer dans les journées moites de juillet. Que le gros-grain noir d'un ruban s'attache à retenir une chevelure blonde comme la tire qu'on étirait en longs écheveaux le jour de la Sainte-Catherine et qu'on coupait aux ciseaux en bouchées avant de l'emballer dans du papier ciré et, peu de temps après, l'hiver venait avec son goût de laine mouillée.

Écrire une prière en forme d'action de grâces sans savoir où l'adresser, bouteille lancée du milieu de la mer sans côte à l'horizon, message n'ayant peut-être nul autre destinataire que l'océan, salutation de ses beautés et supplique silencieuse d'être épargnée lorsque viendra la colère de ses flots. La mer démontée, celle qui engloutit, ensevelit sous la vague qu'elle a gonflée en un mur haut comme le ciel avant de l'abattre sur une coque de noix qui n'a aucune chance d'y échapper. Peut-être même qu'un souhait qui s'ignore navigue dans l'espoir d'être submergé, de couler par le fond rejoindre les palais de coraux, les éponges vivantes et les monstres marins qui deviennent si petits dans l'immensité des profondeurs. Trouver le repos du silence et s'étonner qu'un mot l'exprime puisque personne n'a jamais pu en faire l'expérience. Être un pépin enfoui dans le coussin d'un segment de mandarine.

Je poursuis avec délectation la lecture de Roland Barthes, *La Préparation du roman*, et j'éprouve une joie mêlée d'épouvante à me reconnaître comme « voulant écrire », porteuse d'un désir d'œuvre, reconnaissant des étapes, des questions et tout ce qui entoure cette entreprise décrite par lui comme semblable à ce que j'ai rencontré et que je rencontre sur mon chemin. C'est un peu comme s'il me faisait voir sur une carte routière les voies empruntées par des écrivains, dont lui-même, indiquant un village, un bourg, une montagne, une forêt, un ruisseau, et que, n'en croyant pas mes yeux, ayant toujours si peur d'être la grenouille qui veut se faire aussi grosse que le bœuf, je ne puis m'empêcher de reconnaître plusieurs de ces lieux.

Seule comme un Dieu impuissant, recommencer à partir du néant la page du jour, utiliser l'accident, un pendant d'oreille, perdu depuis un an, deux ans, peut-être trois, retrouvé sur le sol devant la bibliothèque, apparu comme par magie, peut-être s'était-il mêlé à un collier que j'ai sorti hier et que je n'avais pas porté depuis longtemps ou bien était-il dans les replis d'une vieille chemise de Luc qui l'aurait transporté et laissé choir à son insu, on ne saura jamais précisément comment il est disparu et réapparu. Pousser les mots en vagues qui viennent mourir sur la grève et font entendre leur rythme de lamentations, de cœur qui bat, de petite Manon qui se berce si fort sur le canapé en frappant sa tête sur le mur, la bouche béante, la gorge ouverte d'où émerge un son de han, han, han, le regard vide, dans une sorte de transe où elle ne semblait plus qu'un corps d'où surgissait une voix, en proie à une jouissance qui était celle d'un cœur qui bat, se rétractant et se relâchant, mû par lui-même, isolé du monde extérieur dans l'extase d'un mouvement perpétuel. On la croyait un peu bête, égarée, arriérée quand elle se balançait ainsi dans le vacarme de la machine à coudre et de la télévision auquel elle joignait sa voix. Je me demande si ce que je fais n'est pas du même ordre, un acharnement, un arrachement, celui d'une pleureuse tirant à grosses poignées les cheveux d'une tête depuis longtemps chauve, une Antigone sans frère mort, sans motif de rébellion, sans prétexte, brodant sans aiguille ni tissu un dessin sans queue ni tête.

« C'est quand on a perdu tous ses moyens et qu'on a la bêtise d'insister que l'œuvre peut surgir. » Cher Giacometti, j'insiste, je ne fais que ça et je n'espère pas l'œuvre, ce serait trop beau, mais le bout de la queue de quelque chose, d'une idée, d'une histoire, d'une piste à suivre, à flairer, où je serais chien renifleur remontant à la source de la chose enfouie, truffe ou cadavre, enfant ravi et caché, ligoté à un arbre au fond des bois, retrouvant trop tard le mouton devenu chandail, l'os devenu pipeau. Peut-être est-ce ainsi que va mon écriture, cherchant le vivant, ne trouvant que cendres, où les restes non consumés se sont transformés en moyen pour tenir au chaud ou en musique qu'un petit pâtre joue à ses moutons.

Lundi 1er mars 2004

Aristide est parti, Arcand a eu son Oscar, Thiboutot* est mort, Joël** a fait *À la di Stasio*, le mois de février est terminé. Appris par ma mère que ma sœur devra subir une hystérectomie, ma jeune sœur de quarante-quatre ans, encore son ventre qui se rebelle ; quand elle avait quatre ans, il était devenu gros comme celui d'une femme enceinte et on avait dû l'emmener à l'hôpital. J'avais protesté, l'hôpital m'a toujours paru un lieu où on inflige la souffrance, trop fort, et ma mère m'avait rudement remise à ma place, la place de rien, de celle qui n'a pas voix au chapitre, de celle qui n'a pas à être plus aimante ou plus inquiète de sa sœur que ne l'est la mère, de celle qui ne peut attendre aucune attention de la mère qui viendrait calmer son angoisse puisqu'elle est grande et en bonne santé, il n'existe pour la mère que sa fille malade qui lui appartient comme un membre blessé et toute intervention, même de compassion, même de son autre fille qui a peur de perdre sa sœur, fait figure d'intrusion, est rejetée comme nuisance. Est-ce un combat où l'on se dispute l'appartenance de la petite, où la mère l'emporte brutalement sur la sœur ? En toute légitimité, il va sans dire. Le gros ventre de ma mère, devant la cuisinière où elle fait rôtir des aliments dans une poêle, ma sœur y est encore, et dans ma tête défilent les phrases :

* Il s'agit du comédien Yvon Thiboutot.

** Joël Chapoulie, le chef de L'Express.

« Je ne veux pas être comme elle; je ne veux pas d'une vie comme ça; je n'aurai pas d'enfants; je ne ferai pas à un enfant ce qu'elle me fait subir. »

J'ai gardé l'impression profonde que c'est à ce moment que ma décision de ne pas être mère a été prise irrévocablement dans une volonté de me distinguer de ma mère en étant meilleure qu'elle, je ferais en sorte de ne jamais subir les souffrances que lui causait la grossesse et je n'infligerais jamais à un enfant la douleur d'en fabriquer un autre, l'évinçant pour la deuxième fois. Ce ne pouvait être un accident, comme une robe démodée, usée, qui ne donne plus de plaisir et dont on a un peu honte de l'avoir un jour portée. Ma sœur est née avec tous mes traits, et mon père s'enorgueillissait de notre ressemblance. Sur des photos où nous avons le même âge, il montrait avec satisfaction qu'on ne pouvait distinguer laquelle était laquelle, ce qui me blessait, m'enlevant mon statut d'unique et que j'ai peut-être pansé en me faisant croire que la petite était de moi.

La tête encore pleine du *Château de Barbe-Bleue* de Bartók et d'*Erwartung* de Schönberg mis en scène par Robert Lepage à l'opéra hier soir. Voyage dans le rêve, accès à l'inconscient, cadre de scène en carreaux à la feuille d'or qui évoque Klimt, perspective exagérée par la pente du sol où les sept portes alignées passent du simple au double. La projection des surtitres en français et en anglais de l'opéra chanté en hongrois m'a fait voir le mot *Bluebeard* auquel s'est aussitôt associé celui de *Bluebird,* au visage viril couvert d'une barbe de trois jours, d'un noir puissant faisant une ombre bleue attirante comme un aimant de désir, de sensualité violente, ce menton qui viendra rougir en le râpant le visage et les seins et les cuisses qui s'offriront à la caresse, à cette figure de voyou, de bandit, de tueur, de brute, regagné par la nature sauvage, sans apprêt, à l'odeur de sueur, à l'appétit non dissimulé. À cette figure prête à mordre de ses éclatantes dents blanches où brille le danger est venu se superposer Bluebird, l'oiseau bleu, l'objet du désir le plus pur, de celui qui conduit à l'idéal, au bonheur, à la grâce, de l'oiseau au vol libre, au chant mélodieux, dont la seule vue emplit d'une joie profonde. Barbe-Bleue est son château où ne pénètre ni l'air ni la lumière, c'est en son propre sang que séjournent les instruments de la torture qu'il inflige à son esprit, les armes de la guerre, violence contre les corps, soif de domination, le jardin secret où s'inclinent les fleurs de la vertu, c'est de son sang et de celui des autres qu'elles se sont nourries, de l'eau du ciel et du fumier. Bien que réticent, opposé à l'ouverture des portes, chaque fois que Judith les ouvre, pénètrent l'air et la lumière qui le libèrent et, à son « as-tu peur ? » sans cesse réitéré, Judith répond non et l'assure de son amour. Faut-il que toujours on tue ce que l'on aime ? Et l'objet d'amour ne vient-il pas s'offrir au meurtre, le quémander, insatiable dans la demande d'une preuve d'amour, n'insiste-t-il pas jusqu'à projeter lui-même sa poitrine pour que s'y enfonce le poignard ? Judith, jalouse du passé qui la spolie, lui enlève sa place d'unique dans l'histoire de Barbe-Bleue, où paradoxalement elle vient réclamer et obtenir de rejoindre les autres épouses, puisque la certitude d'être unique est inatteignable, celle d'être pareille est accessible, et elle n'y renoncera pas. C'est d'elle-même que meurt Judith, utilisant Barbe-Bleue comme instrument. Quête de connaissance, de savoir, curiosité qui mène au désordre, à la connaissance ultime, la plus haute, la plus secrète, celle de la mort qui rappelle le danger du savoir, l'apprenti sorcier, la quête d'Orphée. Celui qui accède à cette ultime connaissance, que connaît-il ? Jamais il ne revient pour nous le dire.

Et dans la vision que nous présente Lepage, des odeurs de lendemains qui chantent promis par le communisme se font sentir, la promesse de justice et de bonheur servent de paravent au meurtre pour asseoir la domination du tyran insatiable de puissance, la folie de ceux qui veulent croire en un sauveur et celle de l'élu ivre de cette foi que la foule met en lui. Quand la foule réclame un messie, peut-on s'étonner d'en voir paraître un et, quand il exerce son office, peut-on se surprendre d'y reconnaître un usurpateur ? La cause produit l'effet ; l'arbre, le fruit.

Mon amie Luci est déchirée, son oiseau est en train de mourir et elle voudrait bien savoir à quel point il souffre pour le soulager de sa vie si la douleur est trop grande. La responsabilité de trancher la vie, même d'un oiseau, ne serait-ce que de quelques jours, de quelques heures, pour mettre un terme à la douleur n'est pas aisée à prendre quand on a conscience de la vie. La douleur, c'est encore de la vie et, quand c'est tout ce qu'il reste, peut-être est-on d'accord pour la vivre, pour lire le livre jusqu'à la fin, pour suivre la phrase jusqu'au point final. Partir en ayant épuisé tout le temps qui nous était imparti, descendre dans l'échelle fixée à la paroi de ce grand trou où chaque échelon épaissit l'obscurité, où l'humidité glacée gagne jusqu'à la moelle les os, où l'âme combat l'engourdissement dans l'arène du regret, de la nostalgie, tel un acteur ne se résignant pas à quitter la scène du vieux théâtre qu'attaque déjà le pic des démolisseurs, il murmure « et c'est bien plus beau lorsque c'est inutile », puis « je suis une mouette », « au bord de l'eau, un chêne vert, autour du chêne, une chaîne d'or » et, pendant que s'écroulent avec fracas murs et plafonds, sa voix pâlit comme une étoile qui se refroidit, témoignant jusqu'au bout de son sang du feu qui l'habite. Se faire l'instrument du souffle pour que chante la plainte, pour qu'écorchent les grincements de ces machines qui nous broient, pour que la tempête de révolte, dans son mouvement de retour au magma d'avant que soient séparés la terre des eaux, le ciel de la terre, la nuit du jour, nous tienne lieu de beauté qui nous emporte.

Je voudrais un sujet gai ce matin, alors que j'ai l'esprit occupé par ce que je viens tout juste d'entendre à la radio, des réfugiés qui se mutilent pour effacer leurs empreintes digitales afin de ne pas être refoulés dans un pays où ils auraient déjà fait une demande d'asile, et me viennent les images de ces corps, de ceux des kamikazes qui n'hésitent pas à se faire sauter en même temps que les bombes qu'ils portent chez leurs ennemis, de ces corps de quatre Américains calcinés par l'explosif mis dans leur voiture, des cadavres qu'on a battus, dépecés, pendus à un pont. Il était frappant d'observer que l'acharnement sur les cadavres constituait un objet de scandale bien plus important que l'assassinat des personnes, comme si nous n'avions de respect pour le corps qu'une fois mort, comme si la vie n'était précieuse que disparue et que ce n'était qu'au souvenir de ce qu'elle fut ou de ce qu'elle aurait pu être que se réveillait notre émoi. Je pense à ces jeunes hommes qui se suicident, à ces jeunes filles anorexiques qui étalent leur cage thoracique sur Internet sans pouvoir se satisfaire du degré de minceur qu'elles ont acquis. J'ai du mal à penser, à mettre ensemble : effacer son identité, la détruire, gommer les différences, tuer les autres et soi-même d'un même souffle, volonté de séduire par un corps qui de plus en plus s'efface, disparaît, corps virtuel devenu patère pour des vêtements informes pareils à des lambeaux dont la seule fonction est de porter l'étiquette de leur marque de commerce et des marques qu'ils s'infligent, *piercing*, tatouage, mutilations variées exposées aux regards ou tenues cachées, c'est comme si en même temps que disparaissent les frontières dans tous les domaines disparaissait aussi la limite entre l'intérieur et l'extérieur, le privé et le public, l'individuel et le collectif, pour le dire naïvement, faute de se résigner à la séparation de la terre et de la mer. Voulant jouir des deux à la fois, nous nageons dans la boue de la confusion où il devient impossible de distinguer quoi que ce soit, le bien du mal, l'essentiel de l'accessoire. Pris dans cette tornade qui ramène tout au magma, nous ne savons plus mettre de l'ordre et nous nous retrouvons en deux camps, ceux qui étouffent écrasés, impuissants à se désengluer de la boue, et ceux qui ont le ressort pour agir et ne font souvent qu'ajouter au désordre. Qu'a-t-on fait de la vie pour en arriver là, est-ce que la création s'assoit obligatoirement sur la destruction ? Comment être heureux, comment être moins souffrants, tous ensemble ?

Je veux leur parler de leur attitude qui doit être professionnelle et chaleureuse. Que des qualificatifs comme *arrogant, hautain, suffisant, méprisant, ironique, cavalier* ne devraient jamais s'appliquer au personnel de L'Express. Je veux bien qu'on les trouve un peu snobs à cause de leur tenue soignée, de leur grand tablier et du vouvoiement qu'ils pratiquent avec les clients, mais c'est tout. Pour le reste : la simplicité, la patience. Leur rappeler le danger qui nous guette de nous reposer sur nos lauriers, l'importance de travailler en équipe et de communiquer. Et puis la souplesse du danseur-garçon avec la cliente-danseuse, le pro et la profane, c'est à lui de la faire paraître à son avantage, à lui faire éprouver du plaisir à danser, et c'est de là qu'il devra tirer son plaisir, celui de la maîtrise. C'est l'art du jockey qui persuade sa monture de suivre ses indications. Si le jockey se cambre, il devra courir tout seul, le cheval, lui, ne bougera pas. Le défi à relever est celui-là : que le client reparte satisfait. Ayez du respect pour les clients qui choisissent de passer notre porte, ayez-en pour vos camarades, c'est une semence qui apporte une abondante récolte, le respect revient multiplié. Créer un peu de bonheur autour de soi, ne serait-ce qu'un peu de quiétude, n'est pas rien. À L'Express, nous servons de référence aux autres établissements à cause de nos standards élevés ; encore faut-il nous conformer nous-mêmes à ces exigences. Le souvenir le plus long en bouche d'un repas au restaurant est celui du service, surtout s'il a été acide. Si je laissais aller un tout petit peu, le chagrin pourrait bien me submerger, alors je fais celle qui ne voit rien, ne parle pas, ne souffre pas. Éviter de faire des vagues pour le bien-être de tous, y compris le mien, n'est pas sans entraîner une paralysie qui cause des crampes dans des muscles que l'on contraint à ne pas bouger alors qu'ils sont faits pour le mouvement ; chuchoter ou se taire enroue la voix et l'amène à s'éteindre.

Cette idée des souliers me trotte dans la tête, les gros souliers de travail de mon père et les beaux souliers pour la messe et les sorties, les souliers de semaine de ma mère, White Cross, souliers d'infirmière, avec lacets et petits talons, blancs l'été, bruns pour les autres saisons, pas sexy, souliers de sœur, mais dans sa garde-robe une multitude de souliers à talons hauts de toutes les couleurs, à bouts ronds, pointus, carrés, ouverts, talons aiguilles ou gros talons parfois en bois, certains pourvus de plateformes plus ou moins épaisses, elle ne les usait jamais puisqu'elle les portait si peu souvent et ne les jetait pas, même démodés ; il y avait les chaussures qu'elle avait achetées pour faire son voyage de noces, en 1948 je présume, avec des plateformes, une paire gris perle et l'autre grenat, sang-de-bœuf enfin, un beau rouge profond, un peu brun. J'aimerais ouvrir le placard dans la chambre de mes parents, les robes entassées, certaines à crinolines, la robe de mariée, la robe chinoise brune doublée de rouge dont j'ai hérité – la première pour jouer *Noces de sang* de Lorca aux examens de ma première année de conservatoire, la deuxième pour mon usage personnel à quatorze ou quinze ans –, le beau feutre gris de mon père, un Borsalino dans sa grande boîte ronde d'origine, sur lequel j'ai mis la main et que j'ai porté à dix-sept, dix-huit ans quand j'étais à l'Université d'Ottawa, j'avais pris aussi quelques cravates, les plus anciennes, très larges, avec de jolies couleurs, que mon père m'avait cédées avec un sourire amusé et moqueur ; il me trouvait bien originale et un peu toquée de me vêtir ainsi. Plus jeune, j'ai longtemps fait pipi au lit et je devais me lever plusieurs fois pendant la nuit pour aller aux toilettes qui avaient été aménagées par mon père à l'étage des chambres dans le placard de la première pièce jouxtant l'escalier, pièce ouverte où manquait un mur remplacé par une rambarde et nommée « chambre du bord ». Une nuit, je me suis levée sans me réveiller, comme une somnambule, et je suis allée m'accroupir dans le placard de la chambre de mes parents pour faire pipi dans la multitude de souliers. « Qu'est-ce que tu fais là ? » Mon père m'a sortie de mon sommeil qui, je crois, n'était peut-être pas si profond depuis un instant, mais auquel je m'accrochais, résistant à y renoncer. Il y avait les bijoux de ma mère, rien de précieux, mais dont les formes m'enchantaient avec leurs noms de *pierre de lune, pierres du Rhin, cristal de roche*, et puis les épingles à cravates de mon père et les boutons de manchettes, puis une drôle d'odeur poudrée, sucrée, dans ce tiroir dont je découvris un jour que je fouinais la provenance qui me stupéfia, caché sous le papier qui recouvrait le fond du tiroir, le premier de la commode dite monsieur, il y avait un carton épais parfumé, semblable à ceux qu'accrochent les chauffeurs de taxi à leur rétroviseur, sapin à l'odeur de pin, celui-là était rectangulaire d'environ trois pouces sur quatre, y figurait sur un papier mat une femme à la longue chevelure blonde et bouclée, à la peau très blanche, flambant nue, posant sur une étoffe de satin rouge, les bras repliés derrière la tête, offrant sa poitrine plantureuse aux regards ; l'aréole des seins grande et trop rose ne me parut pas du meilleur goût, ses jambes repliées sur le côté dissimulaient son pubis, sa taille très fine était enviable. Image d'Épinal, presque, mais comment était-elle arrivée là ? Où et quand mon père l'avait-il acquise, et comment ma mère prenait-elle la chose ? Voilà ce qui occupait ma pensée.

J'ai fait avec Hélène une grande promenade à la montagne où elle m'a parlé de la lecture de Gabrielle Roy qu'elle prépare pour mai à la Place des Arts. Elle est à relire l'œuvre au complet pour en choisir des extraits à assembler, dont les sutures ne sont pas faciles à faire, ou pour trouver un texte complet qui doit faire une heure quarante ; elle pense pour cela à une histoire tirée de *Ces enfants de ma vie*, dont le titre est « La truite… quelque chose », mais elle hésite, la fin ne lui semble pas tout à fait vraie. Peut-être a-t-elle raison, je ne connais pas ce texte, mais c'est le soupçon, la méfiance, systématiques, je dirais, qui me tarabustent. Peut-on perpétuellement être dans la saine distance critique sans émasculer l'amour, sans couper les ailes à la passion ? Mes idées sont confuses, je voudrais parler de son féminisme et j'ai peur de me perdre ou d'être injuste, mais son flair à débusquer la misogynie des créateurs (Michel Marc Bouchard dans *Le Peintre des madones*, Lars von Trier dans *Dogville*) et leur narcissisme m'ont toujours embarrassée, non qu'elle veuille des personnages de femmes qui soient des saintes, l'aseptisation l'ennuie, mais la vulgarité, la mesquinerie, la laideur devraient-elles être exemptes des personnages féminins, comme si ceux-ci étaient toujours des victimes, que leur appartenance à ce sexe les rendait vertueux par essence, le mal étant toujours dans l'autre ou à cause de l'autre ? Vision qu'elle épouse aussi pour les pauvres, c'est une chrétienne sans dieu, son code moral est celui de Jésus, défendre les faibles, les opprimés, les petits, les sans-grades, et mon cœur la suit, j'ai aussi été faite de cette farine-là que je ne renie pas, mais toute explication me semble trop simple pour être vraie, et l'aisance d'une appartenance sexuelle, économique ou intellectuelle ne suffit pas à pourvoir certains de tous les vices, les défauts, les torts, et les autres des vertus ou des alibis pour leur absence. Personne n'a le monopole de la bonté, de la générosité, de la sagesse et, s'il est vrai que souvent les femmes sont flouées et victimes des hommes et du pouvoir qu'ils détiennent, il me semble qu'il n'est pas rare que les femmes exercent sur les hommes, elles aussi, leur pouvoir par phagocytose plutôt que par l'opposition frontale à la manière masculine, mais n'en arrivent pas moins à en faire des êtres floués et victimes, eux aussi. Et bien sûr, on en revient toujours à la mère, premier objet d'amour, tant pour le garçon que pour la fille, et à l'intensité de leurs rapports qui semblent si souvent laisser les enfants insatisfaits par un excès ou une lacune de chaleur fusionnelle. L'enfant de sexe féminin, s'il veut prendre sa revanche sur la vie et sortir de son état de victime de la mère (par abandon ou séquestration), prend le plus souvent comme moyen, la nature l'a programmé ainsi, la place du bourreau, le pouvoir, en devenant mère à son tour, avec l'ambition d'être bien meilleure mère que ne l'a été pour elle sa propre mère, et se retrouve piégée, n'ayant pu échapper au cercle vicieux de la victime et du bourreau, du blanc et du noir, de la reproduction de tous les contraires.

Et la douleur, terrifiante, et après les fers aux pieds, le boulet de la responsabilité pour toujours, la quadrature du cercle : donner sa chair quand on n'a que les os, apprendre à un petit une langue que non seulement on ignore, mais dont on ignore jusqu'à l'existence, n'avoir eu de place ni comme joie, ni comme cadeau, ni comme orgueil, n'avoir pas réussi même à être une consolation, tout juste un parasite, une gangrène qui dévore la mère, otage qui se laisse dépouiller, déesse déçue de sa déjection, passive pâtissant dans sa désolation. Comment aurais-je pu vouloir tenir son rôle de dévorée et transmettre le mien de dévoreuse malgré moi à un petit auquel je pouvais épargner la douleur d'exister ? Ne pas être elle, fuir tout ce qui pourrait m'y mener, fuir ma famille, fuir le mariage, l'usine, l'ignorance, ne pas imposer à autrui ce rôle que j'avais tenu, celui du spectre, de façon lamentable, alors qu'il eût fallu être là comme un nuage naissant, filamenteux, un léger écran de fumée voilant la mariée pour la rendre plus désirable, reflétant la lumière, ses variations dorées du matin au bleu d'encre de la nuit qui s'étoile, une présence aussi impalpable que l'air, faite de parfait silence. J'avais craqué comme le bois, j'avais gémi comme un volet mal accroché battu par le vent de la nuit, j'avais cherché les applaudissements comme le cabotin qui tire la couverture, j'avais poussé comme de la mauvaise herbe pompant le sol de toute humidité. Alors qu'il fallait jouer l'absence, je n'étais parvenue qu'à manifester une présence irritante, celle d'une rayure sur un disque noir qui coupe le chant et prive l'âme de son voyage dans le rêve et la musique. N'était-ce que vengeance ? Elle m'avait refusé l'enfance, je ne permettrais pas qu'un autre l'obtienne de moi ; elle avait cru que jamais je ne pourrais faire mieux qu'elle, je l'abandonnerais à son jeu, j'irais ailleurs sur d'autres scènes jouer les reines ou les putains, les Antigone ou les coquettes, j'aurais des vies faute d'en avoir une, jamais je ne serais résignée à mon sort ni n'en ferais payer l'addition aux autres en douce.

Et ce matin, passé tout droit, réveillée trop tôt, rendormie, réveillée trop tard, pas d'eau – coupée par la Ville sans avertissement –, téléphone du nouveau locataire. Vendredi soir, vu *La Nuit juste avant les forêts* de Koltès, avec Lavant. Samedi soir, dîné avec Luc et Danielle Roy chez Holder, hier avec Luc chez l'Espagnole, passé l'aprèm dans *L'Iliade*, et ce matin je n'écrirai pas. Dans le bruit de la bétonnière qui tourne, ces réflexions que j'aurais voulu faire sur Antigone, son refus d'être mère et d'être comme sa mère, le fait qu'elle a été la compagne de son père-frère Œdipe dans l'exil, elle donnera la vie non pas à un fils, mais à un frère, Polynice; en accomplissant les rites funèbres, elle lui permettra l'accès à la vie chez les morts, risquant de connaître à son tour le même sort. Qui viendrait lui rendre les rites puisque en désobéissant elle sera bannie par les ordres de Créon? Antigone, *anti*: « à la place de – enfant, en échange, comme équivalent, en face de, l'opposition et la protection contre un mal », dit *Le Robert historique*; *gone*: « génération, opposition et protection de la génération », opposition à d'autres enfants pour que s'éteigne la lignée des Labdacides, pour accomplir le destin de son grand-père Laïos à qui Apollon avait interdit d'avoir des enfants, malédiction par laquelle il devait payer son crime: l'enlèvement et le viol du jeune Chrysippe confié à sa charge et qu'il perpétra un soir d'ivresse. Et j'aurais voulu parler d'hier, d'Hélène, de la fête des Mères, j'allais écrire des morts, où malgré ma « dévotion » elle préféra m'abandonner pour aller retrouver celles de ses filles qui étaient mères, rien ne vaut donc la chair de sa chair. Nulle marque d'affection n'égale ce lien.

Vexée comme un pou, vais-je radoter encore que Luc, venu me porter ma voiture mardi après-midi, repartant avec à cause de la pluie, me laissant en me disant qu'il m'appellerait plusieurs fois dans la soirée qu'il passerait à travailler dans son atelier et que mercredi après-midi encore sans nouvelles j'ai dû laisser un message sur son répondeur pour réclamer ma voiture avec la pénible impression de lui demander une faveur et de le déranger ? Fâchée contre lui et contre moi-même, inquiète de son sort et blessée d'être traitée de la sorte, humiliée d'être si lente à oublier. Je pense au voyage, aux treize nuits où je devrai dormir à ses côtés, partageant ce qu'il daigne m'offrir, ses ronflements et la lumière de sa lampe de chevet, alors que j'ai besoin du noir pour m'endormir et qu'il le sait. Les relations des névrosés marchent tant que les symptômes s'accordent. Est-ce que notre temps tire à sa fin ? Il est de plus en plus préoccupé de lui-même exclusivement. Et moi de plus en plus lasse d'être ignorée malgré son prétendu amour pour moi qu'il ne m'exprime jamais qu'en paroles, trouverai-je la sagesse de cesser d'attendre quoi que ce soit, trouverai-je la force du chêne pour pousser mes racines dans la terre et mes branches dans le ciel, accueillant sans les attendre ni en prendre ombrage le lierre qui s'appuie sur mon tronc ou la truffe qui se développe à mon pied ? Je veux mon âme comme un désert de neige blanche sous un ciel lumineux de janvier où le vent joue, sculptant des vagues, où le soleil fait scintiller des diamants, où des ombres bleu et rose colorent la grande nappe dans ses plis qui sans cesse varient. Je pars sans espoir autre que le soleil, le vent doux, la chaleur de l'amitié, mais le regret de l'amour, celui qui fait battre le cœur et le corps, je le porte en moi comme une gestation d'éléphant qui refuse de s'accomplir, je ploie sous mon fardeau et pourtant m'y cramponne, ne sachant démêler qui, de lui ou de moi, s'attache si fort à l'autre, qui devrait renoncer. Nous sommes si fort liés, comme des siamois soudés par la tête, que la séparation appellerait une mort certaine, aussi faut-il nous résoudre à cette demi-vie. Il faudrait un tiers pour la délivrance, et de tiers, nul à l'horizon. Un tiers fougueux, un tiers qui ne fait pas de quartiers, un tiers qui me prendrait en entier, me visserait comme une ampoule qui pourrait enfin répandre sa lumière. Quel esprit naïf peut penser cela et oser l'écrire ; est-ce bien moi ? La désolation et la honte que j'en éprouve me sont comme les tiraillements d'une cicatrice qui viennent faire souffrir celle qui est incapable de reconnaître la blessure, incapable d'accepter, de concevoir que quelqu'un ait pu enfoncer le couteau dans sa chair pour la tuer, elle prétend être indemne, regrette peut-être de ne pas en être morte et ne sait que faire des lèvres de la plaie qui ne cherchent qu'à s'ouvrir. Discours incohérent d'une folle ordinaire empruntant à l'envers les sens uniques pour trouver son chemin, sans savoir ni instinct, ne trouvant de place ni chez les bêtes ni chez les hommes, consternée d'être si peu douée pour la vie.

Je voudrais me plaindre à toi des illusions que je perds un peu tous les jours, moi, la statue de sel sur laquelle il a tant plu que je suis pour ainsi dire fondue, si longtemps j'ai fait la morte sur le champ de bataille, n'étant pas de taille à combattre, le combat me répugnant, je suis restée allongée sans bouger, les yeux fermés, respirant à peine, de façon que ça ne se voie pas que je vivais encore, je suis restée là si longtemps sans boire et sans manger, mais je n'ai rien perdu des cris d'horreur que faisaient entendre autour de moi les tués et les tueurs. Entre mes cils à peine écartés, j'ai vu la haine, la rage et la vengeance fracasser les crânes, pourfendre les poitrails, faire sauter les têtes, transpercer les flancs, trancher les membres, équarrir les corps, les piétiner dans une fureur ivre d'elle-même que rien ne pouvait assouvir. Elle était venue comme une tornade, il n'y avait qu'à attendre qu'elle soit passée ; quand elle a tout détruit, la tornade finit toujours par s'en aller.

D'avoir vu la peur et la souffrance, et le sang couler, la veulerie, la lâcheté, l'héroïsme et la générosité pareillement assassinés, j'en suis à jamais imprégnée, imbibée ; nul soleil ne sera assez ardent, aucun vent ne soufflera assez longtemps pour parvenir à sécher mon corps transi qui moisit petit à petit. J'ai fait la morte si longtemps, j'ai si bien imité les cadavres qui m'entouraient qu'il n'y avait plus de différence entre nous, nous ne buvions ni ne mangions ; privés de tout mouvement, nos corps se dégradaient, nous étions pareils. À quoi me servait d'avoir conservé ma vie, alors qu'eux avaient la chance de ne plus rien ressentir ? J'entretenais la braise de mon agonie, j'étais morte sans en avoir les bénéfices.

Devant tant d'inconvénients, j'ai entrepris de me mettre debout et tu es arrivé, tu n'étais guère en meilleur état que moi, je suis devenue la maison où tu trouves la paix, un peu de bonheur, un peu de sérénité, tu t'en réjouis, tu en rends grâce au ciel. Je suis une toute petite maison avec une pièce à l'ombre et l'autre au soleil. Toujours tu te tiens dans la pièce à l'ombre, ta présence y ajoute encore plus d'ombre, c'est ton refuge, ta tanière ; de temps à autre, petite luciole, tu émets un peu de lumière qui fait s'insinuer en moi l'espoir, l'illusion que ma patience saurait te convaincre d'habiter aussi la chambre au soleil. J'ai beau l'entretenir, y mettre des fleurs, ouvrir la fenêtre sur des paysages toujours nouveaux, la parfumer d'odeurs de fête, jamais tu ne t'y tiens, la pièce au soleil est désertée, je suis une maison à moitié habitée, peut-être même une maison squattée.

Comme un grand capitaine sans navire, tu m'as trouvée à quai, embarcation bancale et, bien qu'elle fût démodée, tu te réjouissais de ma simplicité, du travail d'artisan si bien exécuté, du fait main d'un bateau fait pour voyager et donnant à celui qui le guide le sentiment puissant de vraiment naviguer, c'est toi que j'attendais de toute éternité pour me faire voguer, épouser l'océan, affronter la tempête, éviter les récifs ; tu arpentes le pont, tu examines la cale, tu tâtes les cordages, tu t'installes à la barre, tu admires la grand-voile, jamais ne lèves l'ancre. Je voudrais me plaindre à toi de ne pas naviguer.

Samedi 5 juin 2004

J'ai oublié ce jour de juin 1955 où pour la première fois on t'a amené dans la maison. Quelques jours avant mon quatrième anniversaire, Mme Soucy était venue me garder et faire les repas pour papa et moi pendant le séjour à l'hôpital où maman allait te donner naissance, mais je n'oublierai jamais ton baptême. Au retour de l'église, on avait pris des photos de toi et des adultes – père, mère, parrain, marraine –; tous, ils te prenaient dans leurs bras et, avant qu'on vienne te déposer dans ton moïse au salon, j'avais réclamé de te tenir moi aussi dans mes bras. On avait hésité, puis on m'avait fait asseoir dans le fauteuil rouge vin et gris, celui qui était dans le coin du mur donnant sur la rue et du mur mitoyen avec le passage, on t'avait mis dans mes bras en me recommandant de bien faire attention, surtout à la tête, je me souviens de mon émotion, c'était la première fois que je tenais entre mes bras, comme une poupée, un être vivant plus petit que moi, avec un regard qui regardait, je me souviens d'avoir été troublée par ce mystère d'une nouvelle vie humaine, je sentais l'inquiétude autour de moi comme si j'avais tenu de la nitroglycérine; on craignait que je ne t'échappe, on fit vite une photo et on me laissa désolée, les bras vides. Je me retrouvai seule, toujours assise dans le fauteuil, avec Mme Jetté qui me recommanda d'une voix sévère d'être sage, que maman était très fatiguée, qu'elle devait s'occuper du petit bébé et qu'il fallait que je sois grande maintenant. Lourde mission que je m'efforce encore de remplir sans y parvenir. Je n'ai pas été la sœur affectueuse que j'aurais voulu être, les modèles que j'avais sous les yeux étaient avares de démonstrations, aussi ai-je conservé une retenue dans l'expression de mes sentiments, mais ils sont à ton égard bien vivants, et tendres comme le cœur d'artichaut. Frère bien-aimé, je te souhaite un joyeux anniversaire.

La porte de la terrasse est restée ouverte aux voleurs qui rôdent sur les toits, aux insectes, aux rats, aux chauves-souris, aux oiseaux, aux chats, aux écureuils toute la soirée pendant que je dînais au restaurant avec Suzanne et toute la nuit, je ne m'en suis rendu compte qu'en prenant le petit déjeuner. J'étais à la merci d'une intrusion à mon insu tout en étant responsable d'avoir négligé de fermer la porte, défaillance de la mémoire qui cacherait peut-être un désir inconscient de laisser entrer l'inconnu, le monde, ses dangers, mais aussi l'air frais de la nuit et, qui sait, le chant des cigales. À Suzanne qui s'étonne de mon indifférence à faire un livre et à publier, à qui j'avoue mon manque d'ambition et d'envie de communiquer, je réponds à son : « Pourquoi écris-tu ? » Pour penser, pour exercer le muscle de la pensée. C'est un appui, des béquilles pour m'aider à marcher sur mes jambes trop faibles, ma pensée débile est comme les mouches à feu, mouvante, impossible à suivre, n'éclairant qu'un instant, la trace laissée par les béquilles sur le sable permet de saisir après coup, parfois, quelque chose qui autrement échappe, le décousu laisse apparaître la chair vulnérable dévoilant une part du secret qui est l'objet même de l'écriture et de la lecture. L'écrivain agit comme un restaurateur de fresques, il enlève les couches de plâtre, de peinture, de crasse qui font écran, il les soulève par plaques, par galettes pour trouver l'œuvre qui se cache dessous, mais il tremble de la détruire ou de la découvrir en ruines illisibles n'ayant laissé que des couleurs fanées en auréoles qui bordent de grands espaces rongés par les moisissures, il gratte dans l'espoir de trouver la splendeur ou de réussir à montrer le rien.

Lu hier dans *L'Art de la joie* :

« — Mais toi, parce que tu es riche, tu gâches ton talent.

— Oh ! À vingt ans je me suis débarrassée des terres parce que je ne voulais pas devenir l'employée de mon patrimoine. À trente ans je me suis débarrassée de ce mot d'artiste parce que je ne voulais pas devenir l'employée de mon talent. »

Elle répond ainsi à son amie qui lui reproche de perdre son temps et son argent, de ne pas s'occuper de publier ses poèmes. C'est sûrement cela qui est venu me titiller, le mot *publier*, et j'aime bien cette fierté de ne vouloir être l'employée de son patrimoine ni de son talent. Bien sûr, c'est un bon alibi pour me déculpabiliser de ma paresse, mais il y a dans l'obligation de se mettre tous les matins devant le clavier un esclavage qui d'être consenti n'en est pas moins une contrainte empêchant la lecture, la rêverie, la vie. Se sentir vivre, s'éprouver comme vivant, élément bio pensant, jouissant de l'eau, de l'air, de la lumière, de la chaleur, de la faim et de la satiété, de l'effort et du repos, de l'absence de douleur, de l'errance dans ses souvenirs, déambulant dans sa mémoire, y attrapant un mot comme lorsque l'on consulte le dictionnaire et que l'œil, aguiché par un mot voisin de celui qu'on cherchait, vient capter l'attention qui va se poser sur lui comme elle le fait sur un visage dans une foule. Comme il est étonnant qu'avec des ingrédients toujours les mêmes, en quantité toujours identique – un nez, deux yeux, une bouche, deux oreilles –, chaque visage soit unique, et les pensées et les sentiments qui logent derrière encore plus.

Je resterai toujours un être sous-développé ; il fallait voir mon émotion hier quand, en cherchant de l'information au sujet de Goliarda Sapienza et de son roman *L'Art de la joie*, je suis tombée sur une critique du *Matricule des anges* où l'auteur relevait la phrase que je venais de citer moi-même, celle où il est question de n'être ni l'employée de son patrimoine ni l'employée de son talent. Le cœur serré, les larmes aux yeux, je me disais : « J'ai donc compris quelque chose, j'ai donc compris la bonne chose, puisque monsieur le critique a été frappé lui aussi par cette phrase et qu'il s'en sert pour expliquer à ses lecteurs le propos de l'œuvre en même temps que le caractère du personnage principal. » Et j'ai interrompu ma lecture de l'article pour n'être pas influencée dans ma lecture du roman, pour préserver mon plaisir et ma liberté. J'étais et je suis encore dans un grand pot-au-feu ; le fait que l'autrice italienne ait été comédienne, qu'elle ait travaillé de nombreuses années à la rédaction de ce roman, qu'elle ait connu tant de difficultés pour le faire publier, que ce n'est qu'après sa mort qu'il le fut dans son intégralité et qu'aujourd'hui certains parlent d'elle comme d'une voix majeure, Sapienza, savoir et sagesse, Modesta, son personnage qui entre autres choses écrit, le critique du *Matricule* qui saisit la même phrase que moi dans un livre de cinq cents pages, tout ça me donne l'impression d'être une patate qui nage dans le bouillon et s'étonne de heurter tantôt une carotte, un poireau, un navet, tantôt un morceau de bœuf ou de poulet. J'ai beau n'être qu'une patate, je suis tout de même dans le même chaudron, je fais partie du plat, et de reconnaître l'émotion que cela me donne vient écarter encore plus grand mes deux moitiés après les avoir pour un instant recollées.

Je me vois pour ce que je suis, une colonisée de l'âme, du corps, de la pensée, des émotions, le muscle intellectuel atrophié, jamais développé, juste assez orgueilleuse pour ne pas me contenter de cet état, mais trop lâche pour m'astreindre à un véritable entraînement, si morcelée, si fragmentée, puisque ce sont les mots clés de notre modernité, qu'il n'est plus possible d'y reconnaître une femme, encore moins une artiste. Je suis la stérilité, non pas son image, sa représentation, mais la stérilité faite chair, j'ai refusé le désir d'un enfant avant même qu'il puisse se présenter ; par manque d'imagination, je croyais qu'un enfant me rendrait pareille à ma mère et je ne voulais à aucun prix être comme elle, ni être pour un enfant ce qu'elle était pour moi. J'aurais espéré être une artiste, un écrivain, mais il semble bien qu'aucune œuvre ne puisse jaillir de moi. Quelques larmes à l'occasion sont les seules choses que je produise et, pour être triviale de manière à bien noircir le portrait, trop d'acidité dans l'estomac.

Lu hier avec reconnaissance Pitol au sujet des conflits terribles que provoque en lui le fait d'accorder son temps à la littérature ou à la vie ; s'occuper de l'un le met toujours en défaut vis-à-vis de l'autre. Je dis « avec reconnaissance » parce que je me reconnais dans ces traits, que je suis de connivence avec lui, que je partage cette obsession qui ne laisse pas beaucoup de place à la quiétude, et aussi pour dire merci. Si un grand, un vrai comme lui avoue ce conflit, il est donc possible que je me frappe moi-même à cet écueil ; de savoir que je ne suis pas la seule, que cela n'est pas uniquement dû à ma paresse et à la pauvreté du matériau dont je suis faite me soulage.

Entendu en zappant Claude Brasseur qui citait son père Pierre : « Tu dois craindre deux choses, l'imitation et la tentation de nier que tu sois mon fils. » J'ai pensé qu'il en allait de même pour tous les arts, qu'il fallait craindre l'imitation et la limitation, c'est-à-dire qu'il ne faut pas se limiter soi-même en s'interdisant une forme parce qu'on ne l'a jamais vue ; ou bien elle existe et on l'ignore, ou bien elle n'existe pas, mais rien n'empêche qu'on lui donne le jour. Sera-t-elle viable ? Ça, c'est une autre affaire ! Et d'un autre côté, il faut accepter la limitation dans le sens où on ne peut tout faire, en tout cas tout faire dans la même œuvre, il faut se restreindre, choisir, et se rappeler aussi qu'il est rare qu'une même personne soit bonne dans tout ; les Leonardo da Vinci ne courent pas les rues.

C'est déjà la dernière semaine de juillet, Seigneur Dieu… Je regarde la photo de Jeanne* que Roger m'a donnée à North Hatley samedi et je suis émue, je crois que ce qui me fait pleurer, c'est de prendre conscience qu'une enfant peut m'aimer, qu'un enfant peut donner de l'amour généreusement à un adulte et l'enrichir d'un sentiment somptueux, d'une douceur de satin, sans pour autant que le petit prodigue de joie s'appauvrisse. Peut-être que ce qui me trouble est d'éprouver dans ma chair l'erreur que j'ai faite de croire pendant toute mon enfance que les enfants venaient aux parents comme autant d'ennuis tombés du ciel et que plus il y en avait, plus les adultes étaient accablés, devant se transformer en bêtes de somme pour nourrir et élever une marmaille qui ne laissait pas une seconde pour rêver. Bien sûr, je viens d'une époque et d'une culture où on ne choisissait pas d'avoir ou non des enfants, on s'arrangeait pour en avoir moins que sa mère, on limitait les dégâts. Non que j'aie eu tort de penser cela, s'il en a été ainsi, il devait bien y avoir une raison, mais j'ai eu tort de ne voir l'édifice que d'un seul côté, j'ai été obtuse. J'aurais dû comprendre qu'il en va des enfants comme de l'amour, comme du bonheur, c'est ce qui nécessite le plus d'efforts et de soins de notre part qui nous donne le plus de plaisir, il faut toujours faire le tour d'un objet, le voir sous tous les angles pour le connaître.

---

* Jeanne est la petite-fille de Denise, grande amie de Colette et femme de Roger.

J'ai lancé une invitation à dîner ce soir à Luci, Chris viendra peut-être nous rejoindre s'il ne finit pas trop tard, et à Josée. Pour l'instant, je voudrais oublier cela et écrire. Avoir le dessus sur ma névrose qui me fait faire des bêtises comme hier après-midi, d'aller chez Laoun sous l'orage plutôt que d'attendre un peu que ce soit passé, de peur que quelques minutes de retard n'indisposent la préposée à la vente des lentilles cornéennes et qu'elle conçoive quelque irritation à mon endroit. J'aime recevoir mes amis, cuisiner pour eux, essayer de leur faire plaisir, mais j'en fais un peu trop, et dans un état de tension aussi ridicule qu'inutile. Cela m'obsède jusqu'au moment où tout est prêt, à l'instant même où je voudrais trouver un sentier inconnu ou… enfin quelque os littéraire à gruger, je ne pense qu'au menu, les chanterelles seront sautées dans l'huile d'olive avec beaucoup d'échalotes et un peu d'ail, vin blanc pour finir la cuisson, servies en bruschettas avec une salade de roquette. Après, le flétan sera poêlé à l'huile d'olive et posé sur une salade de fenouil ou de céleri et petites tomates ; des câpres au sel et de l'huile au citron assaisonneront le poisson. Parmesan, puis raisins. Plus tard, nougat. Mais il faut ne pas oublier l'apéro, olives, amandes et un légume croquant, Luci aime les radis. Il faut transporter le vin et les bouteilles d'eau. Mettre le couvert, s'assurer qu'il y a de la glace, de la bière, choisir la nappe. Reste-t-il des serviettes, des bougies, des fruits ? Passer le balai, vider le lave-vaisselle. Je vois tout cela, et il me semble que je dois m'y mettre tout de suite si je veux que ce soit prêt vers sept heures et demie ou huit heures, que je n'ai ni le temps, ni l'esprit disposé à écrire, ni à faire quoi que ce soit d'autre, et que si tout n'est pas là je déchoirai dans l'estime de mes amis. Le plus simple reste alors de céder à la névrose, d'arrêter toute activité ou de me hâter à régler les obligations pour me consacrer le plus vite possible à la préparation du repas. Je fais mes listes, ce que je prendrai à L'Express, à l'épicerie. Je dois faire ma toilette, m'habiller et aller au bureau.

Comment mettre de la chair sur les mots ? Si on écrit sensuel, il faut des mots qui bruissent, qui craquent sous les pas comme les feuilles froissées ou les mains enfouies dans le papier de soie d'un cadeau qu'on déballe dans la hâte de découvrir la surprise qu'on devine, qu'on n'ose croire, qu'on veut toucher. Il faut des mots caressants comme du cachemire, galbés comme des jambes au mollet haut perché qu'allongent des stilettos, des mots aux courbes simples de saladier lyonnais ou de hanche juvénile, sautillant sur une marelle où rebondit le galet. Des mots qui sentent encore le lait mal essuyé sur le duvet de la moustache, sur les doigts l'écorce d'orange qu'on a déchirée en minuscules morceaux, des mots de vent du large aux odeurs marines de coquillages, de sable et de lainage mouillé. Pour se perdre ensemble, auteur et lecteur, les mots doivent avoir un goût comme celui du caramel ou du chocolat, l'âcreté du tabac, celui qui me vient le plus naturellement est celui de l'eau salée, goût des origines et douce amertume des larmes que le chagrin pinçant nos paupières ferait jaillir d'une relique océane déposée en chacun de nous. Des vocables aux nuances infinies de crème vanillée, de lait écrémé, de dent de lait cachée sous l'oreiller, des reflets bleutés des ailes diaphanes de la fée, du blanc à chaussures des sandales à bride sur le devant de la cheville, de celui des draps de coton battant au vent sur la corde à linge à celui, floconneux, des cumulus, jusqu'au scintillement de la neige tombant lentement dans l'éclairage du réverbère avec l'intention cachée de l'entourer pour le protéger. Il faut nommer le blanc, celui des icebergs et celui du fer chauffé, trouver les finis – mat, brillant, satiné, lustré, velouté, verni, laqué – et s'occuper ensuite du noir aussi complexe, puis du rouge peut-être.

L'EXPRESS

3927 Rue St-Denis, Montréal
H2W 2M4 (514) 845-5333

20:42:56 Mer., 21 Dec. 2022

#160927

TBL#209-1

1	V.RIESLING 2020	$14.50
1	V. CHABLIS 2021	$11.25
1	SALADE VERTE	$9.40
1	COLESLAW JAPONAI	$11.00
1	S. EPINARD	$31.5[illegible]
1	SOUPE A L'OI[illegible]	[illegible]
1	FRITES	[illegible]
1	BARBARESCO	[illegible]
1	TRUFFE	[illegible]
[illegible]	ESPRESSO	$7.70

L'écrivain comme représentant de son milieu... S'il vient du bois, ses mots ou ses silences feront entendre les arbres, il ne pourra y échapper qu'il le veuille ou pas ; s'il vient de la mer, l'air salin, les grands vents de départs prometteurs et ceux qui tourmentent les bateaux se glisseront dans ses pages ; s'il vient d'un endroit maudit grand comme la main qui ne soit pas la ville, d'où la nature a été bannie pour faire place à des cheminées d'usines – Domtar pour le papier, Union Carbide pour une fonderie, Alcan pour l'aluminium, Standard Chemicals pour le chlore et d'autres produits chimiques, le barrage d'Hydro-Québec pour la production d'électricité – qui crachent sans vergogne leurs poisons dans l'air, des entreprises qui n'ont aucun souci des conséquences de leurs façons de faire sur le pays et sur les gens qui les accueillent ; s'il vient d'un endroit maudit où ni l'art ni la nature n'existait, où l'éducation n'était qu'un moyen de gagner de l'argent, d'éviter de travailler au pic et à la pelle dans le froid et la pluie, d'espérer un travail au chaud dans un bureau avec une chemise blanche, un travail qui n'était pas salissant, pour les vêtements s'entend, la malhonnêteté n'était pas au menu, qui était l'espoir le plus grand qu'on puisse concevoir dans ce milieu ; s'il vient de là, l'écrivain sera comme un chevreuil tombé dans la piscine qu'un bourgeois aura creusée en pleine nature, sans comprendre ce qui lui est arrivé, il essaiera d'en sortir en vain, ne trouvant rien à quoi s'agripper, aucun relief où se hausser, appelant à l'aide sans qu'on lui porte secours, dérapant sur les parois lisses de ce trou où il mourra d'épuisement. On se désolera de sa mésaventure, mais surtout des frais engagés pour réparer les dégâts.

Je viens d'écrire un petit courriel à Josée, j'imagine un temps des dieux sur le Molo Beverello et l'ivresse que donne le vent marin sur le ferry. J'espère vraiment qu'elle saura en profiter, j'entends par là prendre conscience du plaisir qu'il y a à sentir le soleil sur sa peau en attendant le traversier, de celui qu'on éprouve à remplir ses poumons de cet air de sel et d'iode, le même qu'ont respiré les hommes du temps du miracle grec, les héros et les dieux. Être là, c'est être rattaché aux sources de notre culture, au bout de nos radicelles où ne pendent plus que quelques rares fils, mais qui nous donnent quand nous nous y trouvons des sensations authentiques de lien, de communion, comme certaines caresses délicates et attentives réveillent l'extrémité d'un nerf dont nous ignorions jusque-là l'existence. Il y a de la nostalgie, mais pas de la souffrance, des souvenirs de paradis perdu qui ne causent pas de grandes douleurs, mais qui abreuvent l'âme, lui rappellent son appartenance au cosmos, lui rappellent un refrain d'harmonie, une idée de la beauté à poursuivre. La beauté se plairait-elle à courir devant et à s'enfuir aussitôt qu'on l'enlace ? Tout ce qui l'arrête dans sa course lui est une cage où elle se fane, elle ne prend son éclat que du désir que l'on a pour elle, que de l'effort que nous consentons à faire pour la suivre dans sa course ; la beauté a besoin de preuves d'amour incessantes. C'est sa fragilité, c'est qu'on ait abusé d'elle qui l'a rendue ainsi, peut-être, mais pourquoi est-ce que je pense à l'instant à la fleur poussée entre le trottoir et les carreaux de céramique devant le restaurant, pourquoi je pense prodigue ?

La mère de Nadine est morte dimanche, il y a eu une cérémonie hier, Nadine a bien parlé, ne retenant que les belles choses, jamais je ne saurais faire une chose pareille. Avant d'aller chercher Luc hier pour nous rendre à la cérémonie, je suis allée faire le plein d'essence que j'ai réglé avec ma carte de crédit sur laquelle se lisent en toutes lettres mon prénom et mon nom. Quand le pompiste m'a rapporté ma carte emballée dans la facture et qu'il m'a tendu la planchette pour que je signe le relevé, il a demandé « Le C c'est pour Claire ? » ou bien « Est-ce que vous vous appelez Claire ? », et j'ai répondu : « Non, Colette. » La mère de Nadine s'appelait Claire. Dimanche à l'heure de la mort de Claire, Denise était au téléphone avec Magali, la fille de Roger, elle a fait un lapsus, au lieu de l'appeler Magali, elle l'a appelée Nadine. Monique a essayé le peignoir de Marc que Micheline avait donné à Benoit, elle a regardé comment il lui allait dans un grand miroir fixé près de la porte d'entrée, depuis vingt ans qu'elle habite là, elle a fait deux pas et, aussitôt qu'elle a été dans sa chambre, elle a entendu un bruit assourdissant : c'était le miroir qui venait de voler en éclats. C'est Marc, il est content ou pas content, il a tenté de traverser le miroir ou a invité Monique à aller au-delà des apparences, c'était pour la saluer ? Curieuses choses que ces événements ! Peut-être partirons-nous en voyage, Luc et moi, en octobre ; j'ai renoncé à la Sicile, ce sera pour une autre fois, nous irions à Paris, dans le Midi, quelques jours avec Chaïm et Susannah, et avec Pierre à Venise, Luc voudrait partir deux semaines, moi, je voudrais trois, et ce serait probablement mieux pour son travail qu'il ne parte pas.

Nous avons vu *Volver* hier soir, on se sent bien dans les films d'Almodóvar, c'est vraiment un moment agréable où on se retrouve dans de vraies cuisines, il sait filmer du papier essuie-tout, une serpillière, de la vaisselle sale avec autant de bonheur que les beaux yeux de Penélope Cruz au bord des larmes, une table de fête où l'on chante, un lit où l'on peut mourir doucement, accompagné d'une personne aimante. Les rues, les voitures, les patios, les biscuits, les Tupperware, les pieds des femmes, leurs seins, toutes les images qu'il choisit de nous montrer ont quelque chose de réjouissant, on se régale même si parfois cela manque de retenue, jamais on ne peut en vouloir à quelqu'un qui pèche par excès de générosité, son bel appétit fait plaisir à voir.

Après, nous sommes allés chez Jano et nous avons appelé Alessandro pour qu'il nous rejoigne. En parlant du film, nous avons parlé des mères, et Alessandro racontait qu'il avait toujours agi en réaction contre ses parents, sa mère surtout, jamais satisfaite de lui, peu importait ce qu'il faisait et le mal qu'il se donnait pour lui plaire. C'était sa grand-mère à la campagne qui l'aimait et qu'il aimait.

Je veux parler de Lisa, jeune, menue, mère de deux enfants, propriétaire d'un triplex à Ville LeMoyne, qu'elle a acheté avec son mari. Elle travaille dans la cuisine depuis quatre ou cinq ans, elle est devenue responsable de la pâtisserie, elle fait bien son travail. Elle s'absente régulièrement pour des problèmes de santé concernant ses enfants ou elle-même. Cette semaine, elle ne se présente pas au travail, elle téléphone en pleurant, elle est avec son enfant qui a eu un accident, il doit être hospitalisé pendant quelques jours. Quand elle revient au travail, Lisa est à fleur de peau, elle ignore plusieurs fois les questions quant à la nature de l'accident de son enfant et finit par répondre qu'il a déboulé l'escalier. Elle demande congé quelques jours la semaine prochaine pour rester avec son enfant et parce qu'elle a un rendez-vous avec une travailleuse sociale. Cela se passe parmi nous. Comment peut-on l'aider ? Sans intrusion, sans tout mêler. C'est fort troublant.

Le 19 décembre 2006

Vingt-sixième anniversaire de L'Express. Si je veux être positive, je peux dire que mon rêve se réalise de faire de cette maison une institution, chaque année qui passe ajoute une pierre à la fondation, voyons-le comme cela, c'est mieux pour tout le monde.

Je veux faire une lettre à Pierre pour son anniversaire vendredi et une aussi pour Maryse qui a réclamé ne pas vouloir de fleurs puisqu'elle part à Paris quelques jours après. Il n'y a plus de temps dans la vie de Maryse pour moi, et son Fabrice me regarde d'un œil peu amène, il me semble. Se pourrait-il que j'aime des gens difficiles à aimer ? Pourquoi est-ce ceux-là qui m'attirent ? Je m'en fiche, je les aime, et personne n'y peut rien changer, pas même eux, c'est moi qui décide.

Quoi écrire à mon Pierre que je ne lui ai pas déjà dit mille fois ? Qu'il est celui qui a ma confiance entière, presque entière ? Le petit morceau qui manque, je ne puis l'accorder à personne, pas même à moi-même, c'est le mauvais sort qui l'a capturé je ne sais quand à l'aube de ma vie ou même la veille. Puis-je lui dire que son audace, son courage, son intelligence m'émerveillent et que je m'inquiète de l'agitation perpétuelle dans laquelle il se tient, du peu de soin qu'il prend de son corps et de son âme, que je ne saisis pas bien après quoi il court sans relâche avec frénésie, la fortune, mais pour en faire quoi ? La renommée ? Sans doute, comme chacun à sa manière, cherche-t-il un sens ; je ne comprends pas toujours sa façon de s'y prendre. Se prend-on dans le sens comme cela nous arrive dans le trafic sur le périphérique ? Engagé à contresens, on doit suivre le flux jusqu'à la prochaine porte pour sortir, ce qui parfois est très long, mais impossible de faire autrement. Pourquoi suis-je incapable de me mettre sérieusement au travail ? La passion de l'ignorance ? Ou la liberté de m'accorder de sentir le temps qui passe, d'entendre le silence, d'être en présence de ma vie, d'en être responsable, mais de laisser aller ?

La surprise. J'entendais tout à l'heure en faisant mes exercices Roger Frappier qui est passé très près de la mort il y a juste un an et qui racontait l'importance qu'avait pris à ce moment tout ce qu'il n'avait pas fait et qui lui tenait à cœur. Qu'est-ce qui me tient à cœur ? Il parlait de rêves d'enfance. Je ne me rappelle pas avoir eu de rêves d'enfance. Quand je coloriais, assise dans l'escalier, les jambes pendantes, le cahier posé sur la marche du dessus, je ne rêvais pas, j'étais dans la couleur des Prismacolor. Ou alors j'étais dans les ciseaux qui suivaient la forme des poupées à découper, de leurs robes, chapeaux, souliers, avec le soleil qui tapait sur ma tête, entre mes épaules, un peu de sueur dans mon cou où se collaient les crins qui échappaient à ma queue de cheval. J'étais agacée par la peinture grise écaillée qui me piquait l'arrière des cuisses et des genoux. Quand je mangeais une pomme, je jetais le cœur sous la galerie en pensant qu'un jour un pépin donnerait un pommier ; cela est arrivé, mon père l'a transplanté au milieu du jardin, il a grandi, il est devenu magnifique, il a produit de bons fruits en abondance sous les soins attentionnés de mon père. Il en faisait son orgueil en racontant qu'il avait trouvé le petit arbre sous la galerie, mais il ne me croyait pas quand je disais que c'était moi qui l'avais semé avec mes cœurs de pomme. Dépitée, j'étais alors, et peut-être encore un peu maintenant. Non, pas de rêves d'enfance, et à l'adolescence l'envie d'échapper à cette vie-là, de connaître autre chose sans pouvoir imaginer ou nommer cette autre chose. À quatorze ou quinze ans, j'ai lu *L'Invitée* de Simone de Beauvoir et je me suis entichée du couple qu'elle formait avec Sartre, je me suis fait une image d'intellectuels libres, amoureux, généreux, une image qui n'avait pas grand-chose à voir avec la réalité, mais qui était un idéal vers lequel je voulais tendre pour viiivre ! Ce n'était pas un rêve, c'était fuir, c'était échapper à l'usine, à la manufacture, à la famille. Jamais je n'ai entendu, vu ou senti que d'avoir des enfants avait rendu heureux mes parents ou les autres parents dans ma rue ou dans ma parenté, non parce qu'ils ne nous aimaient pas, mais les enfants, c'était d'abord et avant tout une responsabilité, une charge, des soucis, c'était comme une fatalité dévorante qui ne donne rien en retour de ce qu'elle prend. Je ne voulais pas me prendre dans ce piège infernal.

Comme une déportée souffrant dans son exil, je reconnais avec un flair de fin limier la chanson de mon pays, elle me berce, me rappelle mes origines, qui je suis. Est-ce orgueil condamnable que de trouver Derrida pour apporter de l'eau à mon moulin ou névrose obsessionnelle qui me fait trouver ce que je cherche, avoir raison dans mon humilité orgueilleuse ? Comme la Stasi en RDA trouvait ce qu'il lui fallait pour éteindre toute manifestation de liberté, on le voit dans *La Vie des autres* de Florian Henckel von Donnersmarck, le pouvoir ne cherche qu'à se perpétuer. Ceux qui le détiennent deviennent ivres, drogués, on dirait que cela se passe un peu comme on dit que les filles qui font de la prostitution se droguent pour supporter ce qu'elles font et, rapidement, en viennent à faire ce qu'elles font pour pouvoir se droguer. La jouissance du pouvoir, la jouissance de la mort ou de l'absence, être hors de soi et pas définitivement, de manière à pouvoir recommencer… Est-ce que la jouissance a à voir avec le contrôle ? Et le contrôle avec la sécurité ? Et la sécurité avec l'inquiétude ?

Après avoir vu *La Vie des autres*, nous sommes allés manger, et puis nous avons vu le documentaire de Serge Giguère *À force de rêves*, de vrais vieux, bien vivants qui ne nient pas la mort, mais qui ont la force de voir malgré la laideur, la misère, la cruauté qui les entourent, qui les enlisent, ce qui surnage de beauté, de joie. Reine, la religieuse professeure de chant, Jean Lacasse antiquaire, l'homme qui fait des modèles réduits d'avions, et un autre moins marquant qui s'occupe de couper des arbres, je crois ; enfin, tout ce dont je me souvienne à son sujet, c'est son beau sourire où se lit la bonté et le voir transporter des bûches.

Je devrais réfléchir au personnage de Wiesler, employé de la Stasi, premier de classe qui en donne plus que le client en demande et qui, touché par l'art, par la liberté de ceux capables de penser par eux-mêmes, en vient à se rebeller, à mentir pour protéger le metteur en scène et l'actrice (surtout l'actrice, probablement) et ça réussit, et ça rate, le metteur en scène est sauf, l'actrice se suicide, et lui est puni, envoyé au tri postal, le mur tombe, il devient facteur et le film se termine quand il entre dans une librairie pour acheter *Sonate pour un homme bon,* livre écrit par le metteur en scène qui lui est dédié sous son nom de code HGW plus des chiffres ; au vendeur qui demande s'il veut un emballage cadeau, il répond : « Non, c'est pour moi. »

Le 1er mars 2007

C'est aujourd'hui l'anniversaire de Jeanne, elle a six ans. Déjà. Ce déjà montre bien que je suis vieille, que le temps passe pour moi si vite maintenant, certains disent que l'éternité, c'est long, surtout vers la fin ; la vie, elle, est courte surtout vers la fin. Micheline n'a pas encore émergé du coma depuis son opération du mardi 20 février. Je pense régulièrement à elle et je me demande où passe le temps pendant le coma. Le cerveau est-il une machine si performante, capable de se mettre au neutre, dans un état semblable à l'hibernation des ours, pour récupérer ses forces après un choc très important et revenir à la vie quand le repos et le temps l'ont rénové ? J'espère que ce sera le cas. Mais cet état est étrange si près de la mort et si près de la vie, sur la tranche d'une feuille de papier pelure, ni recto ni verso, on ne peut pas tenir longtemps sur la tranche, mais il est étonnant de voir à quel point certains y arrivent.

Le 31 janvier 2008

Hier soir, Luc, Chaïm, Susannah et Selina et moi, nous sommes allés entendre Radu Lupu en récital au Théâtre Maisonneuve, il a donné la sonate n° 17 de Schubert et les *Préludes* de Debussy. La technique de ce pianiste est si grande qu'elle disparaît complètement, au point de sembler aussi naturelle que la respiration d'un dormeur tranquille ; ses mains sont si légères sur le clavier qu'elles font entendre les sons les plus ténus, on dirait parfois qu'il se passe pour l'oreille ce qui se passe pour l'œil quand l'espace d'un instant on aperçoit l'invisible sous forme de fantôme ou de mirage. On dit de lui qu'il ne s'exerce pas, il aurait un don, comme ceux qui ont l'oreille absolue, qui n'y sont pour rien. Pas de photos, pas d'entrevues aux journalistes, un costume et une chemise sans cravate couleur de muraille à défaut d'être invisibles, la chaise anonyme des musiciens de l'orchestre, la scène dans la pénombre, on ne voit pas son visage, le silence, il s'assoit, allonge ses bras au-dessus du clavier pour s'assurer de la juste distance, puis ses doigts se posent sur les touches, on dirait un yogi en profonde méditation, sa tête, son corps, immobiles, il semble, comme nous, écouter la musique en ignorant que c'est lui qui la produit. Il n'y a que ses mains et ses pieds qui bougent comme détachés de lui, c'est comme si un instrument pouvait nous transmettre à nous, public aveugle, ce que ses yeux voient, une vision claire, aux nuances infinies, c'est quelqu'un qui prie et fait entrer en nous la prière, prière qui n'est pas adressée au public, mais ailleurs, et dont nous ne sommes pas seulement les témoins, mais les complices. Quand il a fini, il se lève, incline la tête et se dirige tel un somnambule vers les coulisses. On dirait vraiment un être en état d'hypnose, devenu l'instrument de la musique.

Le 2 février 2008

C'était dans *Le Devoir* d'hier, l'avis de décès de Frank Nash, quatre-vingt-quatorze ans, et j'aurais aimé le connaître, j'aurais pu le rencontrer lors d'un encan chez Fraser, j'aurais voulu acheter un bijou ou une montre ancienne pour l'offrir en cadeau, je lui aurais posé des questions, il aurait été bourru, m'aurait répondu de mauvaise grâce, mais ma patience aurait fini par le séduire et, mis en confiance, il m'aurait raconté son histoire, son incapacité à accepter l'injustice, son enfance, son père, son côté rebelle, son sale caractère qui lui faisait perdre ses emplois les uns à la suite des autres, son engagement dans le syndicat pour se défendre ainsi que ses camarades, puis son goût du voyage et de l'aventure qui l'a fait monter à bord du plus beau des trains l'*Orient-Express*, etc. Tout ce charabia est sans intérêt, c'est de sa bouche que j'aurais voulu entendre l'histoire, avec ses vantardises à prendre avec un grain de sel et ses silences lourds de toutes les déceptions, les douleurs, les échecs qui font la vie quelle qu'elle soit. C'est dans le partage de ce silence que se serait tissé un lien entre lui et moi, je me serais sentie privilégiée qu'il s'adresse à moi. J'aurais su que c'était en grande partie dû au fait que j'étais là au bon moment, à l'instant où le fruit est mûr, se détache de la branche, où on n'a qu'à tendre la main et le recueillir, mais j'aurais été contente de l'avoir reçu dans ma main et qu'il ne se soit pas échoué par terre, éclaté en pure perte.

Hier, j'ai fait une bonne promenade de la maison à chez Josée, puis de là nous sommes allées rue Saint-Viateur, puis rue Bernard à la boulangerie ; retour chez Josée, nous avons déneigé sa voiture, pris le thé, et je suis revenue chez moi par la rue Saint-Laurent. Luci nous avait invités, Luc et moi, à venir chez elle prendre l'apéro avec ses parents. Corrado et Edda, les parents de Luci, se faisaient un week-end festif, car ce qui s'en vient sera dur. Il y a quinze jours, on a trouvé des tumeurs cancéreuses à Corrado, qui entreprend une chimiothérapie aujourd'hui, assurément trois fois semaine pendant trois mois, et peut-être pendant six mois selon la réponse au traitement. Luci était très émue de m'en parler au téléphone, de penser à la fin de son père et encore plus au chemin pour s'y rendre. Ce traitement est réputé plus douloureux que la maladie, et ce n'est pas assuré qu'il donnera des résultats, d'où l'angoisse. Fera-t-on subir en vain une torture à Corrado plutôt que de le laisser s'éteindre comme ça viendra et peut-être profiter le mieux possible des derniers moments qui lui restent ?

Nous sommes arrivés en même temps chez Luci, nous étions garés derrière eux, je suis allée embrasser Edda pendant que Luc embrassait Corrado, me disant : « Tu connais M. Mastropasqua, poète ! »

Luci avait mis sur la table ce qu'il aimait, du museau, des cretons, des pleurotes grillés, des pistaches, quelques tronçons de poireaux avec un godet de mayo. J'avais apporté une trentaine de boulettes au poireau et au fromage, Corrado a dit que c'était bon, tout est disparu. Il y avait du prosecco, du Lacryma Christi del Vesuvio, le vin blanc favori de Corrado, et du vin rouge. Luc a raconté qu'il avait rêvé d'Ischia, on a parlé des émissions de Josée, Corrado a raconté qu'avec des copains ils avaient l'habitude de se faire des pâtes, de boire et de parler, ils mangeaient tous rapidement, sauf un, qui était gros et qui prenait son temps pour déguster, et auquel les autres, quand ils avaient fini de manger ce qu'il y avait dans leur assiette, venaient avec leur fourchette piquer ses pâtes. Il avait trouvé un moyen de se protéger des voleurs, ostensiblement pour qu'aucun ne l'ignore : au début du repas, il crachait plusieurs fois dans son assiette, il s'assurait ainsi de pouvoir à son rythme manger sa portion sans se la faire dérober par les goinfres sans scrupules. Puis Luc a demandé malicieusement la permission de fumer une cigarette ; on ne fume pas chez Luci, Edda ne supporte pas qu'on fume, surtout que Corrado fume. Luci a dit qu'elle tolérerait deux cigarettes. Bien sûr, Corrado en a voulu une, que Luc s'est empressé de lui tendre sous le regard furieux d'Edda. Après deux ou trois bouffées, n'y tenant plus, elle s'est levée de table, « je ne peux pas supporter cela, je m'en vais là-bas », les autres la priant de revenir, elle refusant. Elle est allée parler avec la perruche dans sa cage. Luc, hypocritement : « Si j'avais su que cela déclencherait… » J'ai tenté de mettre de l'humour, j'ai dit qu'ils étaient deux gamins. Ils ont parlé d'aller s'enfermer dans les toilettes, ce que Luci a interdit. J'ai dit qu'on ne savait pas quel coup pendable pourraient faire ces gamins, peut-être jouer à qui pissera le plus loin. Corrado a raconté qu'il y jouait à Westmount avec ses deux fils. Et il a raconté que Lara était entrée, lorsqu'elle avait quatre ans, dans les toilettes pendant qu'il pissait et qu'elle avait dit : « Oh ! que c'est joli ! Je peux y toucher ? » Corrado, ne voulant pas la traumatiser ni faire de mystère, l'avait laissée faire. Puis elle avait demandé : « Je peux l'embrasser ? » Sur quoi elle s'était fait dire de sortir des toilettes. Je n'avais jamais entendu d'histoire pareille, mais Luc a raconté que c'était arrivé à son frère Robert alors qu'il était dans la baignoire et qu'était entrée l'enfant de sa blonde du moment, qui voulait le mettre dans sa bouche ! Ces enfants avaient-elles vu des images, ou cet érotisme spontané leur était-il venu sans préméditation ? On a parlé un peu de cinéma, de *Nous nous sommes tant aimés* qu'on a attrapé en route, Luc et moi, samedi soir, qui était notre *credo,* à Pierre et à moi. Edda et Corrado étaient allés la veille voir *Les Faussaires*, un film autrichien sur la Shoah.

Nous sommes allés manger chez Edda hier soir pour l'anniversaire de Luci, le premier crabe des neiges pêché cette année. C'est chaque fois le même menu, à la demande de Luci, un tartare de thon, un peu piquant, un peu sésame, un peu tamari, quelque salade de roquette, des asperges et une salade de pommes de terre qui n'intéressent pas grand monde, et le clou de la soirée est le crabe des neiges, tout juste pêché à Saint-André-de-Kamouraska et arrivé par autobus, accompagné de la superbe mayonnaise d'Edda, et le repas se termine avec la crème caramel coiffée de bougies. On me place toujours à la droite du père, signe de déférence s'il en est. Corrado est très malade, mais il avait bonne mine et il était de bonne humeur. Edda m'a paru fatiguée et vieillie, l'inquiétude l'use. Luci est charmante avec son père, elle lui tient la main, lui sourit, le regarde dans les yeux comme une vraie amoureuse. Et comme la conversation doit se faire et qu'elle est un peu difficile entre des gens qui n'ont pas les mêmes préoccupations, Luc sort son poil à gratter : la religion ou l'art contemporain. Pour être bien certain d'être à contre-courant, il parle positivement de la première et négativement du second. L'animation, les grossièretés et les insultes suivent à coup sûr, il peut ferrailler, il est content et s'enorgueillit d'avoir sauvé la soirée de l'ennui. Le plus curieux est qu'il se trouve presque toujours un allié pour le soutenir dans ses propos indéfendables, mais pas hier quand, pour s'en prendre à Chris, il a proclamé que Riopelle n'était pas un artiste, il a eu droit à un *f... you* de ma part. C'est un peu court comme argument, mais il faut bien que quelqu'un l'arrête, et je suis la seule pratiquement à pouvoir le faire. C'est un mauvais rôle, mais je le tiens puisqu'il doit être tenu et que personne ne veut le tenir. Tout cela finit par une chanson, mais cela peut durer tant que son charme opère… Après, Dieu sait s'il lui restera des amis.

Hier à la caisse de la fruiterie, une petite fille d'une dizaine d'années, peut-être moins – les enfants sont si grands parfois –, mettait les achats qu'elle avait faits sur le comptoir. Il y avait assez d'articles pour remplir deux sacs. La jeune caissière, seize ou dix-sept ans, lui a demandé si elle pourrait porter cela toute seule, et la petite de remonter sa manche pour faire saillir son biceps en disant qu'elle était très forte. Elle a aperçu en même temps une écorchure près de son coude, qu'elle a montrée à la caissière, puis à moi : « Je suis tombée de mon *bicycle.* » Il y avait sur le comptoir, entre autres, trois épis de maïs dans une barquette sous cellophane et, en posant un demi-litre de sorbet aux framboises Häagen-Dazs, la petite a dit : « En arrivant, je vais manger cela, c'est bon pour la santé. » C'était étrange, une si petite fille toute seule qui faisait les courses sans liste, on voyait qu'elle avait pris au hasard ce qui lui plaisait. Quand la caissière a fait le total, une vingtaine de dollars, la petite a annoncé qu'elle n'avait que de la monnaie. Elle a sorti de son sac à mains de dame un porte-monnaie qui contenait à peine deux dollars. La caissière lui a dit que ce n'était pas assez, qu'il fallait retourner à la maison demander à sa mère de l'argent. Quand je suis sortie de la boutique, l'enfant était au coin de la rue, se tortillant autour du poteau du feu de circulation, elle appuyait à répétition sur le bouton destiné aux aveugles. Je lui ai demandé où elle habitait, elle m'a montré la rue Rivard, elle n'articulait pas bien, j'avais du mal à la comprendre, elle a dit qu'il n'y en avait plus chez elle, que sa sœur avait tout pris, et je n'ai pas compris s'il s'agissait de l'argent ou de la nourriture. J'ai demandé si sa mère était à la maison, elle a dit oui. Je n'arrivais pas à comprendre si c'était elle qui avait voulu faire les courses de son propre chef pour se nourrir ou pour faire une surprise à sa mère, ou si c'était la mère paumée qui l'avait envoyée à la fruiterie, mais il semblait bien que la petite n'était pas pressée de rentrer et que personne ne l'attendait. Elle ne semblait pas coupable de son geste, ni honteuse. Moi, j'étais perplexe. Que fallait-il faire : lui donner de l'argent, lui acheter quelque chose à manger, aller la reconduire chez elle ? J'ai continué ma route, préoccupée, et j'ai regardé l'heure, quatorze heures quarante-cinq. Pourquoi cette enfant n'était-elle pas à l'école ? J'ai imaginé une mère à bout de ressources, dans un autre monde, sous l'effet de la dépression ou des antidépresseurs, ou d'autres drogues qu'elle s'administrait… Se pouvait-il qu'une enfant qui habitait dans la rue à côté de chez moi souffre de la faim, manque de soins ? Juste dans sa façon de parler, on entendait bien que quelque chose n'allait pas, mais que fallait-il faire ? Probablement prendre le temps de s'arrêter, d'aller au parc juste là, de s'asseoir avec la petite et de l'écouter parler en l'aidant un peu, en s'intéressant vraiment à elle. Trop lâche, je n'ai pas osé, pas le temps, peur de ne pas savoir y faire, peur des suites, des liens qui auraient pu se créer, des dépendances, des responsabilités, des remontrances, de ne pas me mêler de mes oignons. J'ai tenté de calmer ma conscience en me promettant d'ouvrir l'œil et de reparler à cette enfant si je la croisais de nouveau dans cette rue où je vais presque chaque jour, mais je ne comprends pas comment il se fait que j'aie oublié de lui demander ce qui me semble le plus important aujourd'hui : son nom. Elle aurait dit « Adèle » et j'aurais dit : « C'est joli, Adèle. » Et elle aurait compris que je m'intéressais à elle.

J'ai entendu hier à la radio un musicien qui écrit (présenté par Julie Laferrière) dire : « J'aurais pas fait un bon punk. Je suis né avec le goût de vivre. » J'ai aimé ce « je suis né avec le goût de vivre », il m'a semblé que cela pouvait commencer un roman ou un récit et même définir un personnage. Cela doit commencer dans l'utérus, certains le quittent à regret, ceux dont la mémoire est plus développée, qui se souviennent du bon temps où le bien-être était constant sans avoir même le souci de penser à demander quoi que ce soit, et d'autres sont dans l'immédiat, ils cherchent à sortir de là où ils sont trop à l'étroit avec l'espoir d'améliorer leur sort. D'un côté, ceux pour lesquels le mieux est avant, dans le passé, et de l'autre côté, ceux pour qui le mieux est à venir. J'ai entendu aussi hier : « Ils nous ont pris l'avenir. » C'était le personnage de Rivard, dans *Le Piège américain* de Charles Binamé, qui disait cela concernant l'exploitation des boîtes de nuit et des stupéfiants en parlant de ceux qui avaient fait tuer JFK et des conséquences qui allaient s'ensuivre. Et là encore, je me suis dit que c'était une belle phrase, une sorte de place de L'Étoile d'où partaient de nombreuses avenues. « Ils nous ont pris l'avenir », ce sont les souris qui ne pourront plus danser puisqu'on a mis un chat dans la cuisine, ça nous ramène du côté de ceux pour qui c'était mieux avant. À cause de la conscience de la mort qui nous fait tomber comme des cheveux, sans raison particulière tous les jours il s'en trouve sur nos épaules, il est forcé qu'on trouve que c'était mieux avant et, plus on s'approche de la sortie, plus on trouve que c'était mieux près de la porte d'entrée. La porte de sortie, si elle est un secours parfois, est aussi celle qu'on nous indique pour nous exclure du jeu, celle qu'on ne franchit pas de bon cœur et derrière laquelle on reste seulesseulésolitairesansrecoursfinal.

Histoires de s'entendre de Suzanne Jacob n'est pas étranger à l'affaire ; cette autrice a écrit un des livres qui m'ont le plus touchée, *L'Obéissance.* Ce qui l'occupe me semble très voisin de ce qui me travaille, aussi suis-je ouverte à ses mots, je veux dire que je baisse ma garde, que je la crois, que je ne me méfie pas comme il m'arrive assez souvent pour éviter de me faire rouler.

Jacqueline de Romilly dans *Les Roses de la solitude* fait référence à un épisode d'Homère qui lui « a toujours paru bouleversant : c'est le moment où le cheval d'Achille se trouve miraculeusement doué de la parole pour cet instant seulement et où il annonce à celui-ci sa mort prochaine ».

Quand on a nommé la langue qui se parlait ici « le joual », ce joual-là n'annonçait-il pas notre mort comme peuple ?

La première semaine à la mer avec Jeanne et ses grands-parents. Jeanne a grandi, elle n'a pas eu le choix, elle a fait sa première année à l'école, elle est déménagée et on lui a offert une sœur... C'est une bien grosse année pour la princesse. Elle sait lire maintenant et le fait avec passion. Son affection pour moi est toujours aussi grande, et la mienne pour elle, incommensurable. Un jour où j'étais partie seule marcher sur la plage, elle a proposé à Denise de venir à ma rencontre. J'étais presque arrivée à la maison quand j'ai aperçu Denise au rocher, elle suivait Jeanne qui courait devant à ma recherche. J'ai crié : « Jeanne ! Jeanne ! » Mais elle n'a pas entendu et Denise et moi nous sommes mises à la suivre pensant que très vite elle se retournerait pour s'assurer que Denise était encore derrière elle. Pas du tout, elle continuait sa course, marchait, recommençait à courir, persuadée qu'elle ne pouvait pas ne pas me retrouver et surtout ne se retournait pas, ne s'inquiétant nullement d'être seule ou d'abandonner sa grand-mère. Denise était piquée. La petite nous a traînées jusqu'au bout de la plage, là où il y a la digue à Camp Ellis, et s'est à peine étonnée de nous apercevoir toutes deux derrière elle. D'être derrière elle et de la voir infatigablement venir à ma rencontre était une preuve d'amour qui me touchait énormément, c'est le cadeau de l'été avec les innombrables parties de « pige dans le lac » et de *Uno*, ses longs baisers auxquels je mettais un terme en faisant mine de perdre le souffle, et son appel de Charlevoix la semaine suivante pour me demander si je jouais à « pige dans le lac » avec Pierre. Son gros chagrin de la semaine a été de trouver dans le seau où elle l'avait mise, un bras cassé, passée du rouge au blanc et dégageant une odeur putride, l'étoile de mer qu'elle avait cueillie au rocher quelques jours plus tôt.

J'ai roulé jusque chez Isabelle pour le séminaire Derrida, une dizaine d'humains, piétons et automobilistes se sont empressés de me faire savoir que mon pneu avant côté passager était dangereusement mou. Quand mon âme était à plat, pas un ne s'était manifesté. Après le séminaire, Danielle, Gilson, le CAA se sont penchés sur ma voiture, la soirée s'est terminée au Cafe Via Dante. Pendant que Luc parlait avec Isabelle, Danielle racontait sa jeunesse à Denise et à moi, elle avait vécu sept ou dix ans à Majorque, la vie de jet-set, elle prenait trois semaines de vacances à Montpellier. J'ai posé une question de trop. « Tu faisais quoi pour gagner ta vie ? » Silence. « Je ne voulais pas être indiscrète, il n'y a pas d'obligation de répondre. » « Je travaillais dans un club, pour dire la vérité un bordel, j'ai fait augmenter du double le chiffre d'affaires par ma façon de procéder. Quand tu as dit que tu écrivais, j'ai pensé que tu étais la personne que je cherchais. Je voudrais raconter mon histoire, mais je ne peux pas le faire moi-même et pas sous mon nom maintenant que je suis analyste. » Plus tard, elle a dit à Luc que j'étais « prise » avec un projet, que j'allais mijoter. Pourtant, tout ce que je lui avais dit était que je n'étais certaine de rien, mais qu'on pouvait à tout le moins en parler.

En fait, ma première réaction en a été une de surprise, Danielle a l'air d'une bonne sœur. Deuxièmement, j'ai été touchée qu'elle me fasse assez confiance pour me livrer cette part de sa vie. Troisièmement, qu'elle croie que je puisse l'écrire m'a immédiatement fait songer qu'elle pourrait être déçue de moi et qu'il fallait être prudente. Mais pas couarde. Ni non plus m'engager dans quelque chose que je ne voulais pas. Mais qu'est-ce que je veux ? Sinon ce que L'Autre veut ?

J'achève de lire Jean-François Beauchemin, *Ceci est mon corps.* Je l'ai lu presque d'une traite dans la nuit de samedi à dimanche où je n'ai fermé l'œil qu'à partir de cinq heures trente, nuit d'insomnie qui ne m'arrive que rarement et qui provoque un climat de lecture privilégié, accompagné d'un zeste d'hypocondrie. Le corps est bien mon affaire, et c'est de corps qu'il s'agit dans le roman de Beauchemin qui y soutient une posture philosophique que je partage, qu'il n'y a pas lieu d'opposer le corps et l'esprit, de dresser l'un et même de le punir pour élever l'autre. Il fait dire à son personnage, Jésus ayant survécu à sa crucifixion et devenu athée, que l'esprit est aussi du corps, que la pensée n'existe pas sans passer par le cerveau. J'en retiens que le phénomène de la vie est déjà assez mystérieux et assez beau sans qu'il y ait en plus besoin d'un dieu et que c'est notre esprit paresseux et effrayé qui se satisfait de cette réponse qu'on nous sert bien souvent pour mieux nous manipuler. Son écriture nous porte, la gravité et la poésie l'imprègnent. Elle n'est, à mon goût cependant, pas sans défaut, j'ai ressenti de l'agacement devant une certaine démonstration comme on le dirait d'un théorème, devant le ton du sermon qui parfois se fait sentir. Je n'arrivais pas à croire qu'un homme de quatre-vingt-quatre ans, devant sa femme dans le coma, qui va mourir, lui fasse part de détails connus d'eux deux en s'adressant à elle alors que de toute évidence il s'agissait d'informer le lecteur. Le texte manque parfois de la simplicité qui me plaît. Si on le comparait à un corps, il ne serait pas obèse, mais aurait des rondeurs coussinées auxquelles je préfère le muscle collé sur l'os, et ces « possiblement » dont il abuse m'ont agacée comme un caillou dans un soulier, mais la plupart des pages sont belles, et ce qu'elles disent fait du bien.

C'est un peu comme si quelqu'un prenait par moments un accent qui nous déplaisait : ce ne serait pas une raison pour ne pas l'entendre, et je crois que la parole de Beauchemin mérite d'être entendue. C'est curieux de voir que l'auteur, qui est passé lui-même si près de la mort que ses proches le disent « miraculé » et que la science tient, si mon souvenir est bon, pour un ressuscité, ait tenu à témoigner non pas en faveur d'un dieu qui l'aurait sauvé, mais en faveur du corps et de l'amour.

Le 7 décembre 2008

J'ai fait le plum-pudding comme chaque année depuis... vingt ans probablement, pour l'offrir à Hélène Loiselle ; elle aime bien le manger et, moi, j'aime bien le faire, enfin... l'avoir fait ! Plus le temps passe, et plus il devient impossible de passer outre, j'imagine qu'elle percevrait cela comme si je la laissais tomber, mais je ne me plains pas. Il y a quelque chose de plaisant dans cette répétition où à première vue tout semble immobile, figé, pareil, mais où je m'aperçois que ça bouge, je ne suis jamais tout à fait la même d'une année à l'autre, elle non plus, c'est le même gâteau et pourtant je trouve toujours une variante chaque année pour ne pas la lasser ni m'ennuyer, et cette offrande symbolise un lien entre nous. J'ai pour cette femme un grand respect ; l'honnêteté et l'ardeur qu'elle a mises autant dans son travail que dans sa vie personnelle, son désir d'apprendre ; jamais rassasiée de littérature, de musique, de théâtre, toujours à la recherche de raffinement dans ses menus, l'aménagement de la maison, les cadeaux qu'elle offrait, sa façon de s'habiller, elle a été une mère exemplaire à ce qu'il me semble, mais c'est toujours la mère des autres qui est exemplaire et jamais la sienne. Je l'ai connue en 1972, elle était la mère de mon amoureux et une camarade de travail, un modèle pour toute jeune comédienne, et elle est devenue une amie. Maintenant, elle est vieille, elle a quatre-vingts ans, je vois ses limites et ses faiblesses, j'ai du chagrin pour elle, je ne trouve pas qu'elle a une belle vieillesse, je ne la trouve pas très heureuse et j'ai sûrement peur qu'elle soit le miroir qui me fasse lire mon avenir. Je dois sortir, je voudrais trouver le cadeau de Noël pour ma mère qui a quatre-vingt-cinq ans, une vie tellement moins goûteuse que celle d'Hélène, mais qui est contente de son sort et n'envie personne. Je crois qu'il faut s'exercer à apprécier la solitude, à la voir comme un cadeau, pas comme une plaie.

Le 19 décembre 2008

Il y a vingt-huit ans aujourd'hui, nous ouvrions la porte de L'Express dans un bout de rue ignoré de tous ; les seuls commerces étaient Arthur Quentin, Pierre Larue fleuriste, le cinéma cochon Carré Saint-Louis, Raspoutine *greasy spoon* et La crêpe bretonne, les taux d'intérêt étaient à 24 %, nous étions jeunes et sans expérience en restauration. Vers deux heures, nous avons ouvert pour que l'heure du lunch soit passée et qu'on puisse s'habituer en cuisine petit à petit, nous avons fait une assez bonne soirée et, vers onze heures, toute l'équipe du Théâtre Jean-Duceppe est venue remplir le restaurant au complet après avoir créé en première la pièce de Claude Meunier *Les Voisins*. Vers trois heures du matin, épuisée mais surtout touchée par les compliments, je pleurais devant Monique Duceppe qui ne comprenait rien à ce chagrin qui était de la joie, du soulagement et la chute d'une tension extrême. Le lendemain matin à huit heures, il fallait recommencer. Je pense à Jacques Maurice, le chef d'une gentillesse, d'un calme et d'une patience d'ange.

Le temps des fêtes a pris fin hier, Pierre est reparti à Paris, nous avons passé un beau dimanche ensemble. Ses séjours sont toujours trop courts et passent trop vite, mais j'ai éprouvé de la satisfaction à constater pendant que je le regardais mettre ses bagages dans le taxi pour se rendre à l'aéroport que je souriais à la pensée des jours et des heures heureux que nous venions de passer ensemble, que j'étais en paix, certaine du lien qui nous unissait, que j'avais changé depuis toutes ces années où je ne pouvais retenir mon cœur de se gonfler et de venir inonder mes joues à chacun de ses départs qui me laissaient telle une broutille abandonnée ne trouvant son existence que dans sa souffrance. Quand la joie se tait, il faut bien admettre que c'est la douleur qui donne de l'intensité et de la couleur à une vie grise. Je peux dire que j'arrive enfin à voir le verre à moitié plein plutôt qu'à moitié vide, pas toujours, mais il y a eu du progrès et je m'en félicite, j'ai travaillé fort pour cela, je ne l'ai pas volé, et mon effort est continu. Il devra l'être, car un petit moment difficile se pointe à l'horizon. Luc a pris la décision de se faire opérer ; je devrai surmonter ma peur et l'aider à combattre la sienne avant l'intervention et après, pendant quinze jours, il me faudra être un ange de patience en faisant l'infirmière, la cuisinière, la maman, et tout ce qui lui sera nécessaire... Je saurai le faire. Le moment venu, on est fort et on sait ce qu'il faut faire ; même si on l'ignore, quelque chose en nous le sait, je crois.

La vie me distrait de l'écriture. Et si la vraie vie était en dehors des mots, et si ce qui donnait le plus le sentiment d'être vivant était le silence, l'écoute de ce qui se dit en soi-même, l'écho des autres ? J'ai été saisie d'apprendre récemment que notre cerveau était assailli par vingt mille pensées par jour. Pas étonnant que toute méditation soit un échec relatif quand on espère arriver à ne penser à rien ! Il me faut renoncer à ce qui pouvait me tenir lieu de projet, sous peine de devenir complètement folle ; je me proposais de suivre ma pensée, d'arriver au jour le jour à suivre en temps réel ce qui se déroulait dans mon cerveau pendant que j'écrivais. Je savais bien que cela ne comportait pas d'intérêt pour un lecteur, mais je croyais... Qu'est-ce que je croyais ? Cela me rappelait le projet d'un photographe qui fait une photo de son visage chaque jour pour saisir le temps, pour voir la vie qui s'écoule, j'avais l'ambition de montrer avec des mots les impulsions électriques déclenchées dans le cerveau d'un être très moyen par toutes les pensées qui s'y déroulent. Je croyais que, si j'avais assez de rigueur pour le faire, quelque chose en moi se transformerait et qu'après plusieurs années je pourrais me relire et comprendre quelque chose, par exemple pourquoi je ne pouvais pas écrire ou bien ce qu'il fallait que j'écrive, mais, de toute évidence, ce projet, en plus d'être une illusion, est irréalisable. J'ai faim, il est une heure et je m'arrête pour manger, je constate à quel point je suis lente, j'ai mis une heure à écrire ce qui précède, sans doute trop distraite par les milliers de pensées qui parasitent ma cervelle et me nuisent à suivre une idée et une seule.

Me revoici, ne sachant trop comment poursuivre. Dans une heure, je dois aller faire visiter l'appartement n° 1 que les locataires quitteront à la fin du mois. Je ne sais trop pourquoi, mais des quatre appartements que j'ai, les locataires qui ont occupé celui-là m'ont toujours causé plus de soucis que les autres ; j'aimerais bien cette fois-ci trouver des gens bien. Le premier candidat qui est venu voir l'appartement m'avait laissé un message sur mon répondeur, je l'avais rappelé et j'avais laissé un message sur son répondeur ; nous avions pris rendez-vous, et cela avait nécessité quelques appels au cours desquels j'avais senti sans pouvoir me l'expliquer que quelque chose n'allait pas et qu'il serait mieux que je ne loue pas cet appartement à Sam. Le jour du rendez-vous, il a téléphoné le matin, il était à l'extérieur de la ville, pour demander si nous devions nous rencontrer à une heure ou à une heure trente, j'ai dit que nous avions convenu trois heures. La communication a été interrompue, il avait son portable. En début d'après-midi, il a appelé pour prévenir qu'il aurait un peu de retard, dix minutes, qu'il serait là à trois heures quinze au plus tard. Et tout cela avec un charmant accent anglais et une voix à faire craquer. Il est arrivé en taxi à trois heures vingt-cinq, a fait vite le tour de l'appartement, visiblement peu intéressé par les grands et multiples espaces de rangement, a émis un commentaire sur la salle de bain, « c'est propre », a demandé si le système de sécurité contre le vol était inclus, a dit qu'il était souvent absent, mais qu'il payait le loyer deux ou trois mois d'avance et, en sortant de la poche de son jean une liasse de billets épaisse comme le poing, il a dit : « Je le prends. Voulez-vous un acompte ? » Avec un sourire, j'ai répondu : « Je veux d'abord des références. Est-ce possible ? Votre employeur, par exemple. » Mais il était à son compte dans le domaine des *websites*, partageant son temps entre New York et Montréal. Je l'ai emmené dans mon bureau, nom : .... « C'est grec d'origine ? » « Oui. » Adresse actuelle : rue Querbes. Nom et téléphone du propriétaire : c'était un... ami... qui l'hébergeait... Jimmy, dont il ne connaissait pas le nom de famille, mais, oui, le numéro de téléphone, propriétaire précédent : George, loft rue Saint-Dominique près de Rachel, pas de nom de famille ni de numéro de téléphone. « Votre banque ? » « Banque Nationale, rue Jean-Talon et Wiseman, mais je ne me souviens pas de mon numéro de compte. » « Mais on vous connaît là-bas, vous y avez un compte depuis combien de temps ? » « Oui, oui, neuf ans. » Me donne son numéro de compagnie, son numéro à New York, un autre numéro de portable, veut me faire voir ses pièces d'identité, offre que je décline, à son grand étonnement. Je lui dis que je vais prendre des renseignements auprès des personnes dont il m'a donné les noms, qu'il me rappelle pour me donner le téléphone de George et qu'après cela nous nous reverrons. Après son départ, j'ai tapé son nom dans Google et trouvé sa trace sur des sites de rencontre, de camarades d'école qui se cherchent, de voyageurs qui partagent leurs expériences. Mon assistante regardait cela avec moi en rigolant et en disant que l'odeur de la cigarette qu'il transportait persistait encore. Il a dit aussi à un moment qu'il devait partir bientôt au Moyen-Orient pour l'installation d'un site de poker, que sa compagnie faisait cela aussi. Dix minutes plus tard, mon assistante avait trouvé deux sites sur lesquels le nom de mon visiteur apparaissait comme celui pouvant vous envoyer une escorte répondant à vos spécifications ou vous arranger un mariage avec une Russe, une Chinoise ou une Africaine. J'ai compris ce que j'avais d'abord senti au téléphone, il serait absent, le loyer serait payé, mais il prêterait sa clé à des… amies. Sam a dû sentir quelque chose, lui aussi : il n'a jamais rappelé pour me donner le numéro de George.

C'était avant la cellule
Du temps de la liberté
Avant les cloisons
Avant les frontières

C'était quand tout était possible
Quand rien ne freinait le mouvement
Ne heurtait le désir
Quand tout était entendu
Sans être dit

Où ça coulait de la source
Pour s'en aller partout
Sans ambition
De la joie innée de la découverte

L'ennui s'est-il installé
Qu'il ait fallu inventer l'autre
Et d'où le faire naître que de soi-même
Ce fut l'apparition de la cellule
Et la fin de la paix

C'est fait, c'était hier
J'ai répondu au téléphone
De Luc d'abord, puis de Denise
Puis de Nadine
J'ai rappelé ma mère
Qui avait laissé un message
Pendant ce temps mon frère
En a laissé un lui aussi
Pierre m'a appelée
J'avais bien peur qu'il ne m'oublie
Puis Monique a téléphoné
Plus tard Hélène L.
Et Catherine avant
Que j'avais oubliée.
Hélène D. m'avait donné
Des fleurs vendredi
Et Françoise offert
Un dessin au pastel
Ensuite Benoit
Après que j'eus raccroché
À l'appel de Jeanne
J'ai aussi répondu
Aux courriels de Josée P.
De ma belle Susannah
D'Yvan, de Laurent
De Maryse avant d'aller
Figues et prosciutto
Pasta ai rapini

Manger chez Luci
Quand je suis revenue
Enivrée il va sans dire
J'ai trouvé un message
De Josée D. déménagée
Sur mon répondeur
Et ce matin un courriel
D'Isabelle laissé avant minuit
Pour me souhaiter
Un joyeux anniversaire
Ça y est, c'est fait
J'ai cinquante-huit ans accomplis
Qui l'eût cru !
Qui ont été célébrés
Chez ma sœur dimanche dernier
Et qui le seront vendredi prochain
Chez Denise
Je suis gâtée et ravie de l'être

C'est curieux, ce besoin que j'avais de faire la liste pour laisser une trace pour le jour où j'oublierai, où je serai trop seule et abandonnée, ou bien pour éprouver qu'il existe bien quelques personnes pour lesquelles je compte un peu, quelques personnes qui ont envie d'être gentilles avec moi, peut-être fais-je partie du paysage de leur vie comme elles font partie de la mienne.

N'ai-je jamais écrit à propos du renoncement ? N'ai-je pas passé des heures et des années à en parler sur le divan avec Mme Saint-Gelais, Saint-Ange, n'ai-je pas depuis toute petite compris comme si c'était inscrit dans ma chair que la vie humaine n'était que cela, renoncement, et qu'il fallait le combattre même sans la foi pour ne pas se laisser mourir sur-le-champ et qu'à la fin de sa vie quand on a dû renoncer à presque tout il faut alors renoncer à le combattre ?

Peut-on renoncer de son plein gré ? Le renoncement ne nous est-il pas toujours imposé ? Par la gravité, je pense au corps. Le renoncement n'est-il pas d'abord quelque chose qui a à voir avec le corps ? Quitter le sein maternel ne se fait-il pas au prix de grandes souffrances ? Comment un bébé perçoit-il le phénomène soudain par lequel son habitat devenu trop étroit le rejette, la naissance vécue comme rejet par l'enfant, par la mère ? Serait-ce là que se mettrait en scène le scénario qui serait joué en boucle plus tard ? Dans l'ambivalence de la naissance sentie comme rejet ou comme promotion par la mère et par l'enfant. De quel côté penche la balance où rejet et promotion seraient mis sur les plateaux ? La transmission de ce sentiment de la mère à l'enfant, celui de la perte ou de l'acquisition, celui du paradis perdu ou du paradis à la fin de vos jours, celui qui vous attend. La perte du petit corps qui grandit oblige à renoncer aux bras maternels occupés par un autre enfant, au regard aussi.

Renoncer à renoncer, renoncer à nier ce qu'on n'a pas les couilles de faire en prétendant que cela n'a pas d'importance. Bien sûr, qu'est-ce qui a de l'importance, sinon nourrir ceux qui ont faim, abriter ceux qui sont à la rue, soigner ceux qui ont mal ? Comment pourrait-on confondre avec du courage les confits de confort qui utilisent les mots, jamais leurs bras, pour secouer leurs pareils en leur intimant de passer à l'action ? Quelle belle parade pour une mise en échec, quel talent pour retrouver à coup sûr l'éternelle figure de l'impasse, l'indépassable impasse, *« damned if you do, damned if you don't » write, right.*

Ce jeu avec la langue au bout des doigts, dans l'oreille ou la bouche, comment y renoncer et comment justifier d'y céder, comment ignorer tout ce que cela a de dérisoire ? Tout ce qui est personnel semble ridicule et du côté de ce qui concerne la communauté des humains, les ambitions de ceux qui veulent changer le monde sont si souvent naïves, inconséquentes ou désespérées qu'à des esprits dénués d'imagination comme le mien tout semble sans issue. Je tente de ne jamais oublier « qu'il n'est point nécessaire d'espérer pour entreprendre », mais cela ne facilite guère la constance de l'effort.

La tache

La tache de vin sur la nappe ou sur la blouse blanche en soie, la tache de sang dans la culotte ou dans les draps, la tache à l'âme, le péché originel, la tache de naissance, celle de ma mère, couvrant l'épaule et le biceps, tache de vin, angiome cutané, plan, sans boursouflure, pas dégoûtant, un vague continent africain violacé sur le globe de son épaule blanche. Inhabituel. Les autres mères n'avaient pas cela, elle ne s'en cachait pas, portait des corsages sans manches, mais en écrivant ces mots me revient l'image d'un bâton de Erase de Max Factor ; n'était-ce pas pour dissimuler cette tache que ma mère avait acheté ce fard, à l'occasion de la fête donnée pour les cinquante ans de mariage de ses parents ? Réception de cent à deux cents invités – les grosses familles font des gros partys –, où elle portait une robe dont le plissé soleil de la jupe, légère et dansante, en chiffon rose Kennedy et le corsage travaillé en drapé faisaient des rayons partant des épaules et des hanches, qui venaient se joindre à la pointe du sternum sous une fleur du même tissu et de couleur identique, laissant ses bras nus. Moi qui regardais partir ma mère comme si elle se rendait à la remise des Oscars, je ne sais plus si sa tache était maquillée ou pas – je crois que, peu importe, je ne devais pas la remarquer –, je ne devais voir que les longs gants, les hauts talons, le chapeau dont le marabout rose oscillait continuellement – j'avais des réserves sur le chapeau –, mais ma mère tenait je ne sais d'où, de la reine Elizabeth peut-être, que le grand chic exige le chapeau.

Mon père aussi avait une tache de vin, beaucoup plus petite que celle de ma mère, placée à l'arrière du cou ; on ne la voyait que lorsqu'il était en camisole ou en maillot de bain. Son col de chemise la faisait disparaître, mais c'était curieux qu'ils aient tous les deux une tache de même couleur, semblable à une brûlure ; on aurait dit un signe qui les prédestinait à être appariés.

Je vais continuer en parlant de la mienne, de tache de naissance, grande comme un pois sur la face interne de l'avant-bras gauche, qui n'est pas un angiome, mais un nævus, un gros grain de beauté, quoi ! Drôle de mot pour consoler sans doute le porteur de cette marque répugnante sur laquelle poussent quelques poils qu'il faut retirer sitôt qu'ils apparaissent, sans quoi on risquerait de révulser à tout jamais quiconque verrait cette hideur. Malgré tout, je n'ai jamais pu me résoudre à passer sous le bistouri, je craignais que la cicatrice que cela laisserait soit pire ou guère mieux que la tache et, par-dessus tout, je percevais cette intervention comme un mensonge, je croyais que ce serait un peu comme les filles qui se faisaient augmenter la grosseur des seins, il me semblait qu'il devait toujours subsister un malaise dans leur esprit, une couleur de tromperie ; j'en faisais une affaire d'authenticité.

Avant d'en venir à l'attache – n'est-ce pas là que je veux en venir, que je crains d'en venir, donc c'est bien là où il faut aller ? –, je dirai encore la tache de naissance de mon frère qui s'est présentée comme une zone blonde de la grandeur d'un dollar à l'arrière de la tête dans une chevelure foncée et qui a fini par disparaître je ne sais trop quand, à l'adolescence probablement. Si je crois que c'est du côté de l'attache que circulait le gibier, que puis-je dire de ce mot, attache, lien, comme affinité, comme entrave ? Y a-t-il toujours ces deux côtés de la médaille dans tout sentiment d'attachement, les liens qui nous unissent, la compréhension des choses que l'on partage, ce que l'on nomme « amour » ou « amitié », et qui aussi nous ligotent, nous asservissent, la tache dans l'attachement ? Sans doute, ce sont là des truismes, et tout le monde sait que l'attachement est nécessaire pour faire un être humain digne de ce nom. Sans attachement, pas de société ; sans société, pas d'être humain. Mais qu'en est-il de l'impossible attachement à la mère, comment peut-on trouver la juste manière de s'en détacher, sans se détruire soi-même, sans la détruire, elle ? Était-ce plus facile à l'époque où les femmes de la cour du roi donnaient leurs enfants à des nourrices à la campagne et ne les revoyaient que bien sevrés, parlant couramment, et les livraient après à des précepteurs qui les éduquaient alors qu'elles ne passaient avec leur progéniture qu'assez peu de temps ? Les liens du sang. On ne choisit pas sa famille, mais, paraît-il, on choisit ses amis, à condition évidemment qu'ils vous choisissent aussi. Il faut être bien sûr d'être deux à dire la vérité pour conclure à l'amitié, et qui peut jamais être sûr de la vérité ?...

J'aurais bien voulu trouver une histoire où les traces de sperme, de sang ou de vomi laissées sur un vêtement, sur un meuble, sur un mur ou sur un trottoir nous auraient menés à découvrir des personnages et une situation mystérieuse. Partir d'un léopard ou du treillis d'un soldat en Afghanistan, du cerne de rouille dans la porcelaine blanche d'un vieil évier où la pompe laisse échapper l'eau ferrugineuse du puits, de l'auréole grasse sur un tablier cachant un ventre rebondi, encadré par des mains aux doigts boudinés et plissés reposant sur des hanches qui nous font remonter vers un visage concentré, celui de cette femme qui prépare le repas de sa famille au milieu des champs dans une maison blanche. Dans quelques heures à peine, elle aura une douzaine de bouches à nourrir, sa bouche à elle ne sourit pas, elle se dépêche pour être prête à temps, que ce ne soit ni trop cuit ni pas assez, ne rien gaspiller, faire que ce soit bon. Elle songe déjà au repas suivant, à ce qu'il faudra trier, éplucher, écosser, faire tremper, faire lever. Prévoir, c'est son rôle, sa fonction principale, prévoir que sa famille ne manque de rien, prévoir qu'il y aura suffisamment de linge propre pour les lits, pour la table, pour se vêtir, prévoir qu'il y aura assez à manger trois fois par jour, tous les jours, même l'hiver, de là les confitures et les conserves. À force de prévoir, de tracer une ligne d'un point a à un point b, n'est-ce pas toujours la mort que l'on voit, en même temps que le corps qui se déforme, les responsabilités qui augmentent, chaque année un enfant de plus, jamais de repos, jamais le temps de lire, les mains toujours occupées à frotter la tache sur le linge, à récurer le chaudron où la nourriture a collé, le plancher où les nombreux pieds ont écrasé ce qui est tombé de la table ou rapporté de l'étable ? Comment pourrais-je imaginer un sourire sur ce visage, une chanson fredonnée par cette voix et, pourtant, il y a bien dû y avoir quelques rayons de soleil, l'éveil de l'amour, la demande en mariage, le premier enfant qui dit « maman » la première fois, quand elle a pu s'asseoir dans l'air doux d'un soir d'été une fois toute la maisonnée endormie, à genoux dans le jardin à semer des radis, à planter des tomates ? Il y a bien dû y avoir quelques moments heureux ; je ne les connais pas et je ne peux les imaginer. Une tache indélébile m'empêche de la voir heureuse, elle qui n'a pas daigné jeter un regard à sa petite-fille. Sa fille dont c'était le premier enfant en a eu un grand chagrin, et, moi, une antipathie avec laquelle j'ai grandi, que j'ai toujours gardée avant que j'apprenne à trente ans passés cette faute de ma grand-mère. Je la comprends, je ne la blâme pas ; je la comprends, mais je ne l'aime pas.

Ma grand-mère

Florestine Leclair* était née dans une famille assez nombreuse, je ne sais pas quelle position elle occupait, mais je ne crois pas qu'elle ait été l'aînée, en Ontario français, près de Hawkesbury, dans le village de L'Orignal. Il est bien entendu que ce que je rapporte ici ne sont que des souvenirs de ce que j'ai entendu ma mère ou mes tantes raconter, je n'ai jamais eu de conversation avec elle. À ma grand-mère, je n'ai jamais répondu que « bonjour » ou « merci » quand la situation l'exigeait, les rares fois où elle a daigné s'apercevoir de ma présence.

Un jour, par l'entremise d'un réseau de cousins ou de parenté quelconque, mon grand-père Joseph Leduc est allé la sortir de son trou, l'a épousée et l'a menée dans le sien, le rang Double dans la campagne du vieux village de Beauharnois sur le lac Saint-Louis entre Châteauguay et Valleyfield. Cette municipalité maintenant à une quarantaine de minutes de Montréal semblait dans mon enfance aussi éloignée que Val-d'Or. Imaginons Val-d'Or en 1900, ce devait être voisin du Yukon !

Il l'appelait Flore par affection ou par commodité, je ne sais pas, ils ont élevé onze enfants, Lionel, Armand, Orphir, Fernand, Rémi, Louisa, Yvonne, Alineda, Alice, Albertine, Clémen-

---

* De son vrai nom Leclerc.

tine. Alice est morte à quatorze ans d'une maladie, je ne sais pas laquelle. J'écris comme j'écrirais un rapport de police, ma grand foi. J'écris à reculons ? Le sujet m'effraie ?

Il me semble que je ne l'ai connue que vieille et qu'elle n'a jamais changé jusqu'à sa mort, autour de quatre-vingts ans, je crois. Elle avait des cheveux gris qu'elle portait en chignon lâche et bas sur la nuque, retenu par un filet, des yeux je ne sais quelle couleur – l'ai-je jamais vue d'assez près pour cela ? – derrière des lunettes à monture de fil de fer. Sa silhouette était carrée, évoquant les déesses-mères primitives de petite taille, basses sur pattes et larges du bassin – *reproductrice* n'est pas écrit dessus, mais cela se voit comme le nez au milieu du visage. Est-ce l'organe qui crée la fonction ou le contraire ?...

Cette famille avait de la terre, elle cultivait du fourrage et élevait des animaux pour se nourrir, je ne crois pas qu'elle ait jamais vendu quoi que ce soit, mais... Comment mon grand-père a-t-il pu payer l'automobile Ford qu'il confiait aux mains de ma mère âgée de quatorze ans pour le conduire au village ?

Mon grand-père était un homme aussi maigre que ma grand-mère était grosse, affublé de sérieux maux d'estomac, ne mangeant souvent que du pain trempé dans de la crème, il ne pouvait travailler, si j'ai bien compris, il était le cerveau, et les enfants étaient les bras qui faisaient rouler la ferme.

Ce qui me vient spontanément, c'est un cube de béton armé, de trois pieds de côté avec une anse en fer comme on en voit souvent, mis au bord d'un quai ou d'une jetée pour en marquer les limites et arrêter les voitures, les empêchant de tomber à l'eau. C'est une grue munie d'un crochet qui saisit le cube par l'anse et le dépose pour interdire l'accès à un chemin, à un lieu, propriété privée ou danger. Le tout-venant ne peut passer outre ni déplacer le cube, il faut pour cela une grue et une autorisation. Ce cube, c'est ma grand-mère, et si j'étais sculpteur, si j'avais été sculpteur au siècle précédent, j'aurais épousé l'art conceptuel et j'aurais laissé le cube de béton sans y changer quoi que ce soit, sur un carton fixé au mur de la galerie, on aurait pu lire « Grand-mère ».

À partir de quoi tous les plumitifs auraient pu broder à l'infini.

Véreux ! C'était ainsi qu'elle exprimait son mécontentement, en jouant aux cartes surtout. Elle était passionnée des cartes et ne rigolait pas. Quand son partenaire faisait une erreur en comptant les atouts qui étaient passés et que cela avait pour conséquence de lui faire perdre la partie, on entendait le vocable résonner sans que la musique d'un sourire le colore. Les autres joueurs n'auraient jamais osé broncher, le cube en imposait, mais ils riaient sous cape et se moquaient gentiment, mais ouvertement, en son absence. Elle jouait bien, aimait gagner et détestait perdre.

Véreux ! Le petit véreux ! La petite véreuse ! Infestée de vers. Je l'ai été, je l'ai déjà écrit dans les devoirs d'atelier de Jean-Marie. Était-ce pour lui obéir, pour qu'elle me voie ? Quand on veut broder, on peut, tout tissu fait l'affaire. Toute issue fait l'affaire. Sortir de la mère, sortir de la grand-mère n'est pas une mince affaire. Cela a-t-il à voir avec ma détermination à ne pas être mère ?

Le « ne pas » est mon motif de prédilection.

Y aurait-il moyen de créer de la beauté en écrivant quelques lignes au sujet de ma grand-mère ou suis-je impuissante à m'extraire d'une revendication sourde qui tient une basse continue dans ma voix ? Sur les notes d'un clavier, de ma main droite, je reconnais qu'après une vie difficile parasitée par les nombreux enfants depuis sa naissance au sein de sa famille et ensuite de celle qu'elle créera avec son mari, ma grand-mère ait pu ne plus avoir de bras ni de sourire pour les bébés. Je la comprends et je ne crois pas que j'aurais pu même faire un seul enfant et survivre ; je n'en ai pas fait, d'ailleurs.

Comment serais-je assez mesquine pour mal la juger ou pour lui reprocher quoi que ce soit ? Mais de ma main gauche, *ostinato* se répète, « pas un regard, pas un regard », et ce n'est pas tant pour moi que je suis offensée que pour ma mère qui en a eu tant de peine. Cette mission qui m'a toujours semblé être la mienne, de devoir consoler ma mère d'un chagrin toujours tu ou d'une dépression ou d'une déception due à ma naissance, cette idée, qui s'est très tôt insinuée en moi, que je n'aurais pas dû naître, que ce n'était pas une bonne idée, que personne ne le souhaitait, ne vient-elle pas de ce regard que ma grand-mère a refusé de porter sur moi, la première-née de sa fille, et que la suite de ce regard refusé a été le regard vide que ma mère posait sur moi, ses mains me prodiguant tous les soins, mais son cœur occupé à panser sa blessure de n'avoir pas été reconnue comme mère par sa propre mère ? Et malgré cela, elle en fit ma marraine et ajouta le nom de Flore à mes prénoms.

De quelle Flore s'agit-il ? De celle dont mon grand-père était amoureux ? A-t-il jamais été amoureux ? De cette Florestine qui ne portait pas son prénom jusqu'au bout, ma mère a fait de même, utilisant Aline plutôt que Alineda. Pour me venger, j'ai attribué ce Flore à ma grand-mère paternelle, Florentine, morte bien avant ma naissance, une photo d'elle dans sa jeunesse, où elle était d'une grande beauté, aimantait mon désir de me coller à elle plutôt qu'à l'autre.

Lu ce matin dans *Voir,* sous la plume de Nicolas Dickner : « Quiconque se sent investi par la vérité ferait mieux de s'éloigner du clavier et d'aller prendre l'air jusqu'à ce que ça lui passe. » Sous le titre *La Vérité,* son article qui s'applique à toutes sortes de choses et à tous s'adresse à un critique de livres qui a descendu un ouvrage inconnu, dont personne n'a parlé, en avouant qu'il détestait le genre et la manière, en a fait une entreprise de démolition, habitude de broyer du livre que Dickner déplore. Bien qu'on le sente outré et blessé, l'auteur attaqué par le critique lui est proche d'une manière ou d'une autre très certainement, il réussit avec élégance à ne nommer ni l'un ni l'autre, ses arguments sont convaincants, mesurés et envoyés avec l'ardeur dont on voudrait que nos meilleurs amis fassent preuve pour nous défendre.

À côté, il y avait un article sur la jolie Dominique Fortier dont le roman *Les Larmes de saint Laurent* ne reçoit que des éloges. Elle dit : « Le vrai travail de création, c'est le bout que l'on ne contrôle pas, c'est être à l'écoute de ce que le livre veut. Il ne faut pas écrire ce qu'on a envie d'écrire, mais plutôt ce dont le livre a besoin. »

Revenant dans mon petit coin de jardin, que réclame la faille ? Peut-être aurais-je été heureuse en sténodactylo, écouter pour noter en signes étranges, puis taper sur les touches du clavier afin que s'impriment sur la feuille des phrases lisibles par tous. Le mouvement des doigts sur le clavier procure une sorte d'ivresse qui est celle de rouler en voiture ou en vélo, qui n'est pas tant d'aller vite que d'avancer et de pouvoir mesurer le chemin parcouru après l'effort. *Ivresse* est trop fort, *effort* est trop fort, il faudra trouver des mots plus justement mesurés, la même couleur en pastel. Finalement, ça revient toujours à se mettre au service de l'œuvre, oublier le statut de créateur qui donne des ordres en pointant du doigt – ici la terre, ici les cieux, etc. – et devenir l'esclave dévoué tout occupé à deviner les moindres désirs de son maître, l'œuvre derrière laquelle il disparaîtra, et ce sera là sa plus grande gloire.

La plupart des gens savent ça, je sais tout ça, mais il faut le faire, le laisser se faire et, pour ça, il faut le travail et le temps, ardu pour l'un, rare pour l'autre.

C'était dans mon enfance, la famille Faille habitait une maison en tous points semblable à la nôtre, il y avait une allée asphaltée sans garage où chaque propriétaire garait sa voiture – nous n'avions pas de voiture –, et bordant cette allée une platebande de dahlias rouges – la couleur préférée de mon père ; au printemps, c'était lui qui plantait les rhizomes, et il les déterrait à l'automne pour les entreposer dans la cave pendant l'hiver – dissimulait la clôture que nous partagions avec les Faille, et de l'autre côté c'était leur maison. Elle était bleue, pas trop entretenue. En plus des parents et de Nicole, un peu plus âgée que moi, les deux fils, Florent et Claude, dix-huit, vingt ans, étaient nos voisins. Pas trop portés sur l'école ni sur le travail. Le rock-and-roll, la bière, la gang de chums, voilà ce qui les occupait, mais d'abord et surtout la moto. Dans notre rue familiale et silencieuse, quand ils arrivaient en groupe passé minuit, en été, vroum, vroum... Avec les fenêtres ouvertes, mes parents, le lendemain, se faisaient des airs et, même si les paroles n'étaient que « je te jure, Florent et Claude, hier soir... », je comprenais bien tout ce qui était sous-entendu et au-delà. Sans savoir que cela existait, j'avais l'impression que les gars de *biciques* étaient ou faisaient quelque chose de mal, et ce mal n'était pas que le bruit. Un refus d'obéissance à l'autorité, refus de l'effort, recherche du plaisir, désinvolture envers ce qui les entourait, ce n'était pas une attitude dont j'avais été témoin avant, et cela m'attirait et m'effrayait en même temps, le cuir, les bottes. Florent était plutôt beau, me semble-t-il. Bien sûr, il m'ignorait ; j'avais peut-être sept ans, quel intérêt, alors je ne le regardais qu'à la dérobée, j'avais mon orgueil et je ne voulais qu'il me voie lui prêter plus d'attention qu'il ne m'en portait. Et aussi, j'avais un peu peur, il sacrait, je n'entendais jamais cela dans ma famille et je savais que c'était défendu.

Le 22 juin 2010

Hier aura été la première fois, depuis trente-huit ans que je la connais, qu'Hélène ne se sera pas manifestée pour mon anniversaire, elle n'a pas téléphoné, n'est pas passée me voir avec une ou des fleurs. Avant, elle organisait un repas pour célébrer l'anniversaire de sa fille Catherine et le mien, puis le compagnon d'Anne, une autre de ses filles, s'est ajouté pour avoir vu le jour en juin. Le temps a passé, Anne a changé de compagnon et a donné naissance à sa fille Laurence en juin. En plus de la Saint-Jean, cela donnait suffisamment de raisons de faire la fête. C'était toujours de grands repas, apéro suivi d'un potage, puis d'une entrée, d'un plat, d'une salade, de fromages, de fruits, d'un gâteau et d'eau-de-vie ou de porto pour ceux qui en étaient encore capables après le café. Il y avait toujours des cadeaux pour tous, choisis avec attention, la générosité même.

Hier, Catherine m'a téléphoné, Hélène est à l'Institut de gériatrie, elle joue maintenant dans une tragédie dont elle doit improviser le texte et où elle change de personnage quelquefois. Les mots se bousculent dans sa bouche, ou elle les égare sans parvenir à les retrouver. Elle doit quitter l'institut dans les jours qui viennent, mais ne peut plus être laissée seule et elle ne tolère pas très bien la compagnie d'une « gardienne » ; ce n'est pas simple pour les enfants qui n'ont évidemment pas tous le même avis sur la façon de faire. Pourquoi l'esprit s'en va-t-il quand le corps reste ? Pourquoi tout cela ne se termine-t-il pas en un clin d'œil pendant que l'on dort la nuit ou encore mieux pendant la sieste l'après-midi ?

Une femme dont la mémoire était l'instrument de travail, qui a pu retenir des pages et des pages de texte, en vers ou en prose, une femme qui a pu retenir des milliers de fois à quel endroit elle devait se placer dans l'espace pour dire ou entendre tel et tel mot, une femme dont le langage était l'outil principal de son travail qu'elle considérait comme un sacerdoce, et elle en avait la vocation, voir la mémoire et le langage lui échapper, à elle, donne le vertige.

Je voudrais m'approcher sur la pointe des pieds dans un désert désert et, avec rien, fabriquer un peu de beauté, un grain, trois fois rien. Cela ne servirait à rien, sauf à passer le temps et à respirer mieux après. J'ai remarqué que si une de mes actions me donne un motif de satisfaction, même légère, mon cœur s'apaise et ma respiration se fait plus profonde, comme si mes côtes acceptaient alors de s'écarter pour laisser aux poumons l'espace pour prendre de l'ampleur, et plus sont grands l'insatisfaction, le mépris de moi-même, la déception, plus la cage thoracique devient un corset inamovible, le plastron d'une armure qui contraint ma respiration et m'oblige à mimer la mort. C'est par les mots que viennent les maux? Et les remèdes? La langue nous tourmente. Serais-je sous influence? Celle de Derrida, de *La Carte postale*? Je m'apaise, je crois, je n'en suis pas certaine, je n'ai jamais su reconnaître le bonheur, il y a toujours manqué le principal, ce que je croyais être le principal, peut-être à tort, mais qui peut savoir, en abandonnant toute prétention à inspirer du désir, à faire une œuvre, à être utile, en laissant aller et en ayant un minimum de discipline pour m'entraîner physiquement, je trouve, si ce n'est la sérénité, un calme qui n'est pas celui de la mort ni de l'ennui. Non que je ne connaisse pas l'ennui, c'est peut-être que je l'accepte comme étant la terre sur laquelle je marche; ce qui peut distraire, ou amuser, ou assaisonner l'ennui, c'est le rythme de la marche, qu'il faut varier, c'est lui qui fait battre le cœur, et c'est de cela qu'il faut se contenter, non, qu'il faut être content, cette pulsation du cœur qui bat, du sang qui circule, des côtes qui s'élargissent, des poumons qui s'emplissent d'air, de la pensée qui peut vagabonder à son aise, dans des prés garnis de moutons ou dans le ciel aux nuages pleins d'adjectifs. Avec le temps qui passe, on finit par comprendre la fragilité de la vie, du corps, on voit des forteresses s'écrouler, des certitudes se dérober sous ses pieds, de vieux démons morts et enterrés revenir, la fin s'approche de ceux qu'on aime et de soi-même, et il n'y a rien à faire sinon d'aimer pour le peu de temps qui reste, c'est à coup sûr l'emploi du temps qu'on ne regrettera pas.

Crédits et remerciements

Les Éditions du Boréal remercient le Conseil des arts du Canada
ainsi que le gouvernement du Canada pour leur soutien financier.
Canadä

Les Éditions du Boréal sont inscrites au Programme d'aide aux entreprises
du livre et de l'édition spécialisée de la SODEC et bénéficient du Programme
de crédit d'impôt pour l'édition de livres du gouvernement du Québec.
Québec

Photographie de la couverture : Pierre Villeneuve

EXTRAIT DU CATALOGUE

Abu Bakr al Rabeeah et Winnie Yeung
Ces bombes qui fleurissent la nuit
Gilles Archambault
À peine un petit air de jazz
À voix basse
Les Choses d'un jour
Combien de temps encore ?
Comme une panthère noire
Courir à sa perte
De l'autre côté du pont
De si douces dérives
Doux dément
Enfances lointaines
En toute reconnaissance
La Fleur aux dents
La Fuite immobile
Lorsque le cœur est sombre
Les Maladresses du cœur
Nous étions jeunes encore
L'Obsédante Obèse et autres agressions
L'Ombre légère
Lorsque le cœur est sombre
Parlons de moi
Les Pins parasols
Qui de nous deux ?
Les Rives prochaines
Sourire en coin ou les ruses de l'autodérision
Stupeurs et autres écrits
Le Tendre Matin
Tu écouteras ta mémoire
Tu ne me dis jamais que je suis belle
La Vie à trois
Le Voyageur distrait
Un après-midi de septembre
Une suprême discrétion
Un homme plein d'enfance
Un promeneur en novembre
Margaret Atwood
Comptes et Légendes
Cibles mouvantes
L'Odyssée de Pénélope
Edem Awumey
Explication de la nuit
Mina parmi les ombres
Les Pieds sales
Rose déluge
Gary Barwin
Le Yiddish à l'usage des pirates
Carl Bergeron
Voir le monde avec un chapeau
Nadine Bismuth
Êtes-vous mariée à un psychopathe ?
Les gens fidèles ne font pas les nouvelles
Scrapbook
Un lien familial
Marie-Claire Blais
Augustino et le chœur de la destruction
Aux Jardins des Acacias
Dans la foudre et la lumière
Des chants pour Angel
Le Festin au crépuscule
Le Jeune Homme sans avenir
Mai au bal des prédateurs
Naissance de Rebecca à l'ère des tourments
Noces à midi au-dessus de l'abîme
Petites Cendres ou la capture
Soifs
Une réunion près de la mer
Une saison dans la vie d'Emmanuel
Virginie Blanchette-Doucet
117 Nord
Geneviève Boudreau
La Vie au-dehors
Claudine Bourbonnais
Métis Beach
Colette Brossoit
Ne regrette pas ce qui se dérobe
Melissa Bull
Éclipse électrique
Virginie Chaloux-Gendron
Fais de beaux rêves
Ying Chen
Blessures
Le Champ dans la mer
Espèces
Immobile
Le Mangeur
Querelle d'un squelette avec son double
La rive est loin
Un enfant à ma porte
Émilie Choquet
Un espace entre les mains
Paige Cooper
Zolitude
Gil Courtemanche
Je ne veux pas mourir seul
Le Monde, le lézard et moi
Un dimanche à la piscine à Kigali
Une belle mort
France Daigle
Petites difficultés d'existence
Pour sûr
Un fin passage
Michael Delisle
Le Feu de mon père
Le Palais de la fatigue
Tiroir N° 24
Louise Desjardins
Cœurs braisés
La Fille de la famille

Le Fils du Che
L'Idole
Rapide-Danseur
So long
Cherie Dimaline
Rougarou
Christiane Duchesne
L'Homme des silences
L'Île au piano
Mensonges
Mourir par curiosité
Rima Elkouri
Manam
Stéphanie Filion
Grand fauchage intérieur
Jonathan Franzen
Les Corrections
Freedom
Purity
Katia Gagnon
Histoires d'ogres
Rang de la Croix
La Réparation
Catherine Eve Groleau
Johnny
Agnès Gruda
Mourir, mais pas trop
Onze petites trahisons
Joanna Gruda
L'enfant qui savait parler la langue des chiens
Brigitte Haentjens
Un jour je te dirai tout
Louis Hamelin
Autour d'Éva
Betsi Larousse
La Constellation du Lynx
Les Crépuscules de la Yellowstone
Le Joueur de flûte
Sauvages
Le Soleil des gouffres
Le Voyage en pot
Suzanne Jacob
Amour, que veux-tu faire?
Les Aventures de Pomme Douly
Feu le Soleil
Fugueuses
Histoires de s'entendre
Parlez-moi d'amour
Un dé en bois de chêne
Wells
Renaud Jean
Rénovation
Retraite
Jack Kerouac
La vie est d'hommage
Thomas King
L'Indien malcommode
Marie-Sissi Labrèche
Amour et autres violences
Borderline
La Brèche
La Lune dans un HLM
Dany Laferrière
L'Art presque perdu de ne rien faire
Autoportrait de Paris avec chat
Chronique de la dérive douce
L'Énigme du retour
L'exil vaut le voyage
Je suis un écrivain japonais
L'exil vaut le voyage
Pays sans chapeau
Vers d'autres rives
Vers le sud
Robert Lalonde
C'est le cœur qui meurt en dernier
Des nouvelles d'amis très chers
Espèces en voie de disparition
Fais ta guerre, fais ta joie
Le Fou du père
Iotékha'
Le Monde sur le flanc de la truite
Monsieur Bovary ou mourir au théâtre
Où vont les sizerins flammés en été?
Le Petit Voleur
Que vais-je devenir jusqu'à ce que je meure?
Le Seul Instant
Un cœur rouge dans la glace
Un jardin entouré de murailles
Un jour le vieux hangar sera emporté par la débâcle
Le Vacarmeur
Monique LaRue
Copies conformes
De fil en aiguille
La Démarche du crabe
La Gloire de Cassiodore
L'Œil de Marquise
Dominique Lebel
L'Entre-deux-mondes
André Major
À quoi ça rime?
L'Esprit vagabond
Histoires de déserteurs
La Vie provisoire
Tristan Malavoy
Le Nid de pierres
L'Œil de Jupiter
Hélène Monette
Le Blanc des yeux
Il y a quelqu'un?
Là où était ici
Où irez-vous armés de chiffres?
Plaisirs et paysages kitsch
Thérèse pour Joie et Orchestre
Un jardin dans la nuit
Unless

Lisa Moore
Février
Open
Piégé
Guillaume Morissette
Nouvel onglet
Le Visage originel
Alice Munro
Du côté de Castle Rock
Fugitives
Rien que la vie
Un peu, beaucoup, passionnément, à la folie, pas du tout
Grace O'Connell
Foudroyée
Michael Ondaatje
Divisadero
Le Fantôme d'Anil
Ombres sur la Tamise
La Table des autres
Michèle Ouimet
L'Heure mauve
La Promesse
Daniel Poliquin
Cherche rouquine, coupe garçonne
LÉcureuil noir
L'Historien de rien
L'Homme de paille
La Kermesse
Le Vol de l'ange
Monique Proulx
Les Aurores montréales
Ce qu'il reste de moi
Champagne
Le cœur est un muscle involontaire
Homme invisible à la fenêtre
Rober Racine
L'Atlas des films de Giotto
Le Cœur de Mattingly
L'Ombre de la Terre
La Petite Rose de Halley
Les Vautours de Barcelone
Mordecai Richler
L'Apprentissage de Duddy Kravitz
Le Cavalier de Saint-Urbain
Joshua
Le Monde selon Barney
Solomon Gursky
Mathieu Rolland
Souvenir de Night
Simon Roy
Owen Hopkins, Esquire
Lori Saint-Martin
Pour qui je me prends
Les Portes closes
Jacques Savoie
#Maria
Mauricio Segura
Bouche-à-bouche
Côte-des-Nègres
Eucalyptus
Oscar
Viral
Alexandre Soublière
Amanita virosa
Charlotte before Christ
Gaétan Soucy
L'Acquittement
Catoblépas
Music-Hall!
La petite fille qui aimait trop les allumettes
Miriam Toews
Ce qu'elles disent
Drôle de tendresse
Irma Voth
Jamais je ne t'oublierai
Pauvres petits chagrins
Les Troutman volants
Lise Tremblay
Chemin Saint-Paul
L'Habitude des bêtes
La Sœur de Judith
Marie-Laurence Trépanier
Saints-Damnés
Guillaume Vigneault
Carnets de naufrage
Chercher le vent
Kathleen Winter
Annabel
Nord infini
Onze jours en septembre

Imprimé sur du papier Rolland Enviro
100 % postconsommation, fabriqué avec un procédé sans chlore
et à partir d'énergie biogaz, certifié FSC, Rainforest Alliance
et Garant des forêts intactes.

MISE EN PAGES ET TYPOGRAPHIE :
LES ÉDITIONS DU BORÉAL

ACHEVÉ D'IMPRIMER EN NOVEMBRE 2020
SUR LES PRESSES DE MARQUIS IMPRIMEUR
À MONTMAGNY (QUÉBEC).